Naïm Kattan

Farida

DU MÊME AUTEUR:

Essais, critique:

Le réel et le théâtral, Éditions Hurtubise HMH, Montréal, 1970; Éditions Denoël (coll. «Les lettres nouvelles») Paris, 1971. Prix France-Canada, 1971.

Reality and Theatre (trad. anglaise de Alan Brown), House of Anansi, Toronto.

La mémoire et la promesse, Éditions Hurtubise HMH, Montréal, 1978; Éditions Denoël, Paris, 1979.

Écrivains des Amériques, Tome I, «Les États-Unis», 1972; Tome II, «Le Canada anglais», 1976; Tome III, «L'Amérique latine», 1980.

Le désir et le pouvoir, Éditions Hurtubise HMH, Montréal, 1983.

Le repos et l'oubli, Éditions Hurtubise HMH, Montréal,1987; Éditions Les Méridiens-Klinksieck, Paris, 1987.

Le Père, Éditions Hurtubise HMH, Montréal, 1990.

Théâtre:

La discrétion et autres pièces, Éditions Leméac, Montréal, 1974.

Romans, nouvelles:

Dans le désert (nouvelles), Éditions Leméac, Montréal, 1974.

La traversée (nouvelles), Éditions Hurtubise HMH, Montréal, 1976.

Le rivage (nouvelles), Éditions Hurtubise HMH, Montréal, 1979; Éditions Gallimard, Paris, 1979.

Le sable de l'île (nouvelles), Éditions Hurtubise HMH, Montréal,1981.

La reprise (nouvelles), Éditions Hurtubise HMH, Montréal, 1985.

The Neighbour (recueil de courtes nouvelles traduites du français par Judith Madley), McClelland & Stewart, Toronto.

Adieu Babylone (roman), Éditions La Presse, Montréal, 1975; Éditions Julliard, Paris, 1976.

Farewell Babylon (trad. anglaise de Sheila Fischman), McClelland & Stewart, Toronto.

Les fruits arrachés (roman), Éditions Hurtubise HMH, Montréal, 1981.

La fiancée promise (roman), Éditions Hurtubise HMH, Montréal, 1983.

Le choix de Naïm Kattan, Les Presses Laurentiennes, Montréal, 1987.

La fortune du passager (roman), Éditions Hurtubise HMH, Montréal, 1989.

À paraître:

La distraction (nouvelles).

La célébration (roman).

La réconciliation (essai).

Naïm Kattan

Farida

roman

HURTUBISE HMH

COLLECTION L'ARBRE

Données de catalogage avant publication (Canada)

Kattan, Naïm, 1928-

Farida : roman

(Collection L'Arbre)

ISBN 2-89045-923-3

I. Titre. II. Collection: L'Arbre HMH.

PS8571.A872F37 1991 C843'.54 C91-090755-2
PS9571.A872F37 1991
PQ3919.2.K37F37 1991

Illustration et maquette de la couverture:
Olivier Lasser

Composition et mise en pages:
L'Apostille enr., Laval

Éditions Hurtubise HMH Ltée
7360, boulevard Newman
Ville LaSalle (Québec)
H8N 1X2
Canada
Téléphone: (514) 364-0323

Dépôt légal/3e trimestre 1991
Bibliothèque Nationale du Québec
Bibliothèque Nationale du Canada

ISBN 2-89045-923-3

Imprimé au Canada

La nouvelle éclata comme une bombe dans la communauté juive. Les manchettes des journaux suscitaient peur, honte et doute. «Sasson Karkoukli est assassiné – Ismaïl Hassan, un planton, est arrêté, un poignard ensanglanté à la main. L'assassin accuse Salim Abdullah de l'avoir soudoyé pour commettre le crime.»

Les détails faisaient frissonner les juifs qui se cachaient pour lire les journaux. Le meurtre avait été commis à l'intérieur de l'abattoir. Sasson, selon son habitude, procédait à l'inspection des lieux, saluait les chohets, les égorgeurs rituels et s'entretenait avec les ouvriers. Il était à choisir des abattis pour lui-même quand Ismaïl se jeta sur lui, d'un bras l'immobilisa et de l'autre lui coupa la gorge. Sasson s'écroula à côté des moutons qu'on venait d'abattre. Son sang se mêlait à celui des animaux. Ismaïl Hassan, vingt ans, un jeune farrache (planton), était à l'emploi de Sasson depuis six mois. Tous les matins, ce jeune homme fragile portait le café à Sasson à son bureau de l'abattoir. Sasson le payait bien: trois dinars par mois plus les pourboires et les cadeaux. Ismaïl ne rentrait jamais chez lui les mains vides: un morceau de viande traînait toujours quelque part. Un témoin, dont le journal s'abstenait de révéler l'identité, prétendit qu'Ismaïl recueillait des pièces rejetées par les chohets (un membre cassé, etc.) et les revendait sous le manteau. La police recherchait Salim Abdullah, beau-frère et associé de la victime, accusé d'avoir payé le meurtrier pour commettre son crime.

Al Bilad, moins favorable aux juifs qu'*Al Zaman*, dont le propriétaire était le chrétien Tawfike Al Samaani, se prétendait néanmoins leur ami. *Al Bilad* décrivait ainsi l'arrestation d'Ismaïl: le poignard à la main, il courut jusqu'à la rue, croyant que personne ne l'avait vu commettre son crime. Mais voilà qu'un témoin inopiné, un rabbin du nom de Shummel ou Heskel, se mit à crier: «Assassin, arrêtez l'assassin.» Les hurlements pétrifièrent Ismaïl sur place. Les juifs, eux, savaient que ce dit rabbin d'*Al Bilad* n'était qu'un chohet et que son nom n'était ni Shummel ni Heskel, sobriquets dont les musulmans affublaient les juifs.

La communauté vivait des moments difficiles. Yassin Al Hashimi venait de reprendre le pouvoir. Ce n'était pas un ami des juifs et bien qu'il composât avec les Britanniques, il écoutait avec complaisance les déclarations des nazis au pouvoir en Allemagne depuis trois ans. De jeunes officiers de l'armée irakienne manifestaient ouvertement leur enthousiasme envers le Führer. *Al Bilad* publiait des articles sur l'Allemagne nouvelle et rapportait les déclarations antisémites des nazis. Depuis l'arrivée au pouvoir d'Al Hashimi, toutes sortes de rumeurs circulaient dans la communauté. Tel juif du quartier populaire d'Abou Sifaine avait disparu, enlevé par des inconnus. Tout en taisant son nom, on racontait la tentative d'enlèvement d'un banquier, d'un épicier d'Al Chorja, qui avait échappé de justesse à ses persécuteurs. On s'attaquait aux enfants dans la rue. Mais ces racontars ont toujours été monnaie courante. Chacun avait une histoire à rapporter. Deux hommes à l'allure suspecte poursuivaient un homme seul dans le quartier d'Al Akoulia. Il était trois heures de l'après-midi et tout le monde faisait la sieste. Le fugitif, au tournant d'une rue s'était caché dans l'entrée d'une maison d'où il laissa passer les musulmans. Personne ne risquait plus de s'aventurer dans les quartiers musulmans de Bab el Cheikh. De toute façon, qu'irait faire un juif dans les rues de chiites? Même les Britanniques n'étaient plus fiables. On laissait entendre que l'ambassadeur n'était pas favorable aux juifs. Peut-être ne faisait-il que flatter les nationalistes irakiens, mais tout le monde savait que les Anglais avaient une longue habitude du double jeu.

Juste avant l'assassinat de Sasson Karkoukli, on disait que le Hakham Bachi, Sasson Khedhouri, était allé rendre visite au premier ministre pour lui présenter les hommages de la communauté. Elle témoignait de sa loyauté au régime et en même temps lui demandait de faire une déclaration afin de rassurer cette communauté secouée par les rumeurs et minée par l'insécurité.

Deux jours après le meurtre, *Al Zaman* étalait à la une la déclaration du premier ministre. Le gouvernement veillait à assurer la sécurité de tous les citoyens de quelque communauté qu'ils fussent et sévirait contre quiconque tenterait de nuire à l'ordre public. Le mot juif n'était pas mentionné, mais tout le monde comprit. Il y eut une accalmie et ceux qui, un mois auparavant, manifestaient devant le bureau du Hakham Bachi dans le quartier d'Al Taurate (de la Thora), ne ménageaient pas leurs éloges au chef spirituel de la communauté. Le Hakham Bachi assurait Yassin, son prédécesseur Hikmat Soleyman, n'avait pas gagné la faveur de la communauté. Hikmat Soleyman était reconnu pour ses tendances socialistes et son cabinet avait compris de jeunes ministres, tels Kamel Al Chadurchi el Abdel Kader Ismaïl, de même allégeance que lui. Certains juifs ne craignaient pas de chuchoter que les Britanniques avaient amené la chute de Hikmat Soleyman et l'installation d'Al Hachimi, plus portés vers un chef de gouvernement sympathisant du nazisme, un autre, dont les tendances politiques marxistes n'étaient un secret pour personne.

C'est par la taxation de la viande cachère que la communauté soutenait ses institutions, dont, entre autres, le bureau du Hakham Bachi. Chaque année, ses dirigeants adjugeaient le droit d'abattage rituel et de vente de la viande aux plus hauts soumissionnaires. Six mois avant l'assassinat de Sasson, un ami du Hakham, nanti de ce privilège, gonfla le prix de la viande à son profit. Si les juifs consentaient à surpayer leur viande, par contre, la payer deux fois plus cher que la viande des musulmans, c'en était trop, d'autant plus qu'on murmurait que certains dirigeants avaient empoché des ristournes... Une centaine de personne, manifestèrent devant le bureau du Hakham. À la une de *Al Bilad*: Des juifs manifestent... Rien ne déplaît plus à la communauté que de faire la manchette des journaux. On chuchotait que les Karkoukli étaient responsables de la manifestation. Le fait est que six mois plus tard, le droit d'abattage et vente leur était attribué.

D'habitude, la communauté adjugeait l'abattage rituel à des musulmans. Bien sûr, le rabbinat surveille l'opération et l'abattage est exécuté par des chohets selon les règles. Mais des musulmans, chefs d'entreprises, d'autorité fixent les prix de la viande sur une base d'affaires. Cependant, étrangers à la communauté, ne sachant pas comment traiter avec les «rabbins» auxquels ils identifient les chohets, ils s'associent alors avec des juifs. Ceux-ci deviennent les véritables détenteurs du privilège. Les musulmans ayant vendu leur nom et leur savoir-faire se contentent d'empocher les profits sans bouger le petit doigt.

*

*   *

Jamil al Cheikhly était le frère de Hassan, un juge, et de Hamid, un ancien ministre et célèbre avocat. Jamil, le frère aîné, avait un magasin à Kout avant de déménager à Bagdad. Ses frères lui procuraient les affaires qu'ils ne pouvaient et ne voulaient diriger eux-mêmes. Sasson connaissait bien Hamid. Il avait eu besoin de son intervention comme avocat et surtout en tant qu'ancien ministre pour faciliter l'obtention de permis (de construction, d'importation,...); Hamid recevait de fortes sommes pour lui-même et pour ceux dont il devait graisser la patte.

À son arrivée à Bagdad, Jamil était un campagnard mal dégrossi. Il ne touchait pas à l'alcool et n'avait jamais mis les pieds dans des maisons de vice. Celles-ci ne se limitaient pas uniquement aux établissements clandestins de prostitution mais à tous les cabarets. Sasson et surtout Abdullah réussirent à l'y entraîner. Ils eurent ensuite du mal à l'en décoller car il s'était découvert une passion pour les chanteuses Salimah Pacha et Nurjus Shawki. Il passait des soirées à les écouter sans goûter à l'arak qu'on plaçait devant lui.

Tous les matins, Jamil gagnait son bureau à l'abattoir, sirotait son thé, regardait discrètement les papiers entassés sur son pupitre et attendait l'arrivée de Sasson ou de Salim pour apposer sa signature sur les lettres, les factures ou les chèques qu'ils lui indiquaient. Il passait ensuite une ou deux heures dans un café à Haydar Khanah, près de la mosquée, jouait du tawli (backgammon) selon la disponibilité des partenaires, faisait la prière du midi et repartait chez lui pour le repas du midi et pour la sieste. Ses enfants étaient tous mariés et il n'avait pas l'habitude de discuter des affaires du pays avec son épouse, grosse femme discrète qui passait sa journée à dormir et à donner des ordres aux domestiques.

Les administrateurs de l'abattoir, Sasson et Salim, bien qu'ils ne fussent ni frères ni même cousins, étaient, depuis une quinzaine d'années, inséparables, de vrais siamois, ou comme disaient leurs familles, deux fesses dans la même culotte.

Ils s'étaient connus à la Banque Eastern où, frais émolus de l'école Chammach, ils furent propulsés dans le monde du travail. Poursuivre des études universitaires leur était interdit. Les dispositions nécessaires leur manquaient, non moins que les moyens pécuniaires.

Sasson appartenait à une famille modeste. Son père possédait un petit commerce de tissus dans le souk dont hérita son frère aîné, Abraham. Il éleva tant bien que mal ses enfants et mourut à soixante ans, deux ans après qu'Abraham eût pris la boutique en main. À sa sortie de l'école, (il obtint de justesse le diplôme de Thanawiyah) Sasson accepta le premier emploi disponible: caissier à la Banque Eastern. De son guichet, il observait les clients qui déposaient des centaine de dinars, qui en retiraient des milliers. Il finit même par acquérir une dextérité vertigineuse et sans faille de manipulation de billets de banque.

Son voisin de guichet engagé, une semaine avant lui, s'appelait Salim Abdullah. Grave, le sourire rare, celui-ci faisait preuve d'une infinie patience avec les clients, courtois bien que sans chaleur. Au début, Sasson le crut taciturne. Ils eurent peu d'échanges jusqu'au jour où un client accusa Sasson de s'être trompé dans ses calculs. Salim arracha au client la liasse et compta les billets un par un. Malgré son tour apparent de prestidigitateur, Sasson ne s'était pas trompé. Le client ne savait que dire ni comment s'excuser. Pour la première fois, on entendit le rire de Salim. À la fermeture, Sasson l'invita au café.

– Tu ne me dois rien, dit Salim.

– Tu paieras les consommations, si tu veux.

Et ils éclatèrent de rire. Ce fut le début de leur amitié.

Salim était le second d'une famille de trois enfants. Son frère aîné, Naji, n'en finissait pas de terminer ses études. Refusé à la faculté de médecine, – on n'y acceptait que deux juifs par année –, peu brillamment noté, sa famille n'avait pas l'argent voulu pour huiler la machine. Il ne fut pas même admis à la faculté de droit. Il essaya le génie sans succès et aboutit à l'école normale d'instituteurs, et dans les écoles du gouvernement par-dessus le marché. Naji était le chouchou de sa mère. Elle avait vendu ses bijoux pour payer sa scolarité. À lui les meilleurs morceaux de viande, elle veillait même sur sa sieste. Le père, Selman, était un homme pieux, confit en dévotions. Il portait la robe traditionnelle, boutonnée devant, le zeboun, et refusait de se mettre à l'heure occidentale: veste et pantalon. Pour sortir, on couvre le zeboun d'une aba, sorte de longue pèlerine que portent les Bédouins. Selman travaillait comme Chammach à la synagogue de Hakham Heskel pour un salaire de misère. Sa femme Khatoun se faisait aider par sa propre famille qui méprisait Selman. Khatoun en aurait fait autant si elle avait osé mais comment reprocher à un juif sa piété? Comment lui dire qu'il priait trop alors qu'il ne faisait que suivre les prescriptions? Si seulement il était rabbin! Il ne serait peut-être pas plus riche mais Chammach! De plus, Selman n'avait aucune ambition. Il remerciait Dieu jour et nuit de lui accorder, sommeil, réveil, d'étancher sa soif, de le rassasier. Il n'avait qu'une alliée chez lui, sa fille benjamine, Najiah.

À la naissance de sa fille, Khatoun qui s'attendait à un troisième fils ratifia sa résignation au sort, son acceptation de la décision divine en lui donnant la forme féminine du prénom de son garçon chéri. Najiah aurait été le souffre-douleur de Naji si elle n'eut trouvé refuge auprès de son père et si Salim, dès l'adolescence ne l'eut prise sous sa protection. Jolie, certes, mais sans cette beauté, cet éclat qui permet aux filles de se marier sans dot. D'une intelligence moyenne, elle doublait souvent ses classes, sans inquiéter la famille. L'important, c'était de lui trouver un mari qui se contenterait d'une petite dot, du seul trousseau peut-être ou, encore mieux, qui l'épouserait sans dot.

À treize ans, sa mère déjà la harcelait. «Ce n'est pas en te levant à huit heures du matin que tu vas trouver un mari» ou «Si, au moins, tu savais repasser, faire la vaisselle, tu trouverais peut-être un mari.» Salim, qui avait lui-même du mal à ne pas doubler ses classes, s'écriait: «Ne t'en fais pas, Najiah. C'est moi qui m'occuperai de ton mariage. Je suis ton frère.» Et la mère, ironique, répliquait: «Il paiera ton mariage avec l'argent de son père.» Celui-ci ne se mêlait jamais à des conversations autres que celles que nécessitait le quotidien. L'eau est-elle prête pour le Ntila? (le lavement des mains). La table est-elle mise pour le Chabbat? Najiah prévenait toujours les besoins de son père. Elle n'avait pas d'autre moyen de lui exprimer son amour. Quand Salim était absent et que Naji et sa mère se liguaient contre elle, elle se taisait. Sa seule arme de défense: un silence têtu. Dès le retour de Salim, elle revenait à la vie. Lui, lui donnait toujours raison.

Salim éprouvait à la fois vénération, pitié et admiration pour son père qui vivait en silence dans un bienheureux monde intérieur. Parfois, pour le faire sortir de son mutisme, il lui demandait des explications sur la paracha de la semaine. L'homme s'animait, se transformait en maître du monde. Il abondait en références, en subtilités, citait de mémoire la Guemara, Rachi, Maimonide, le visage illuminé de bonheur. À la fin de l'entretien, il posait sa main sur la tête de Salim et le bénissait.

Les Abdullah mangeaient dans une petite pièce à côté de la cuisine. Ils ne pouvaient pas s'asseoir tous ensemble à la table sans se serrer les coudes. D'ailleurs, la mère ne mangeait jamais avec les hommes. Elle les servait. Salim rêvait aux films américains dans lesquels la mère, la sœur, s'asseyaient à côté du mari et des garçons et tout le monde riait, parlait...

Salim n'en voulait pas à sa mère, une pauvre femme qui attendait des miracles de son fils aîné. Elle avait abandonné tout espoir du côté de son mari. Son frère, un homme riche, faisait toujours l'éloge de son beau-frère en remettant à sa sœur, chaque mois, sa petite contribution. «Un homme pieux, qui craint Dieu. Il ne boit pas, ne joue pas aux cartes, ne va pas aux courses, ne fume pas et garde l'œil dans sa poche», c'est-à-dire qu'il ne regarde pas d'autre femme que la sienne. Celle-ci baissait la tête en acquiesçant et remerciait son frère de sa générosité. Elle n'osait pas lui dire que son mari ne regardait aucune femme, y compris la sienne, car ne la prendrait-on pas pour une dévergondée?

Salim n'adressait la parole à son frère que par nécessité. Courtois, cependant, comme avec un étranger ou une lointaine connaissance. Il le méprisait de n'avoir pour toute ambition que de finir sa vie instituteur dans les écoles du gouvernement! L'orgueil de sa mère! Celle-ci faisait étalage des filles de bonne famille qu'elle lui destinait. Riches, leur dot permettrait d'installer Naji dans un palais. Salim ne ressentait aucune envie. Le sort de son ainé lui était totalement indifférent. Il n'appartenait pas à son monde.

À l'école, Salim n'avait pas eu d'amis. Ses camarades, tous des besogneux, sans ambition, ne rêvaient que d'être médecins ou ingénieurs. Lui, rêvait de fortune, de richesse. Il n'avait aucun projet précis et ne savait pas quel serait son territoire. Il serait riche.

Dès qu'il y avait un répit, Sasson et Salim, travail et clients épluchés, en arrivaient rapidement à leur rêve. Tous deux étaient convaincus de leur future prospérité. Mais avec leur salaire, ils n'arriveraient à rien. Une vie médiocre. Toute sécurité. Leur directeur, Eliahou, avait atteint ce poste après une escalade qui avait duré vingt ans. La belle affaire! Un salarié! Ses rêves ne pouvaient pas dépasser d'ampleur sa pension. Pauvre homme.

Après le travail, Sasson, qui habitait Akd el Nassarah, rentrait manger chez lui. L'hiver, les jours clairs, il s'asseyait au soleil sur le toit. L'été, il faisait sa sieste au rez-de-chaussée.

La famille de Salim habitait dans le quartier de Senak, où après son départ de la vieille ville, elle fut l'une des premières à s'installer dans ce qui était alors un nouveau quartier.

Avant de rentrer, Salim qui n'aimait pas partager le repas de son père et de son frère, s'attardait en ville, prenait un café, rue de la Banque et parfois, dans un établissement plus chic, rue Rachid.

*

*　　*

Un soir, au début de l'été, en se promenant le long du fleuve, rue Abou Nouas, il tomba sur Sasson, seul. Ils passèrent la soirée à débattre de l'avenir. Partir? Où prendre argent et pour aller où? L'Europe était au bord de la guerre et il n'y avait plus rien à faire à Calcutta, à Shanghai ou à Rangoon. Leur avenir était à Bagdad en dépit des vociférations de quelques extrémistes. Tant que les Anglais ne lâcheraient pas le morceau, les juifs ne seraient jamais en véritable danger. Et ils n'étaient pas prêts d'abandonner les puits de pétrole. Il fallait se lancer. Faire comme tous ceux qui ont réussi. Plonger.

Sans se donner rendez-vous, Sasson et Salim se retrouvaient plusieurs fois par semaine, rue Abou Nouas. Parfois, ils terminaient la soirée dans un café et jouaient au tawli.

Un jour, juste avant la fermeture de la banque, Sasson dit:
– Ne rentre pas tout de suite. Attends-moi. J'ai à te parler mais pas ici. Allons où personne ne nous connaît.

L'atmosphère de conspiration ne déplaisait pas à Salim. Ils traversèrent la rue Rachid au rond-point de la rue de la Banque. À l'entrée du souk el Chorja se trouvait un café où s'agloméraient des Kurdes, des portefaix, des artisans. Salim passait tous les jours devant l'établissement, entendait les voix des Kurdes mais n'aurait jamais eu l'idée d'y entrer.

Le patron ne manifesta aucune surprise à l'arrivée des effendis portant complets. Les habitués, ouvriers en cherwal, ne les regardaient même pas. Un café ouvert au public. Une idée de Sasson. Nul besoin d'aller loin pour être ailleurs. Le cafetier leur servit le thé. Sasson gardait le silence.

– Alors? dit Salim.

– Es-tu pressé?

– Non. Mais j'ai hâte de connaître le secret.

Le sourire impertinent se transforma en rire de connivence.

– Il n'y a pas de secret.

– Pourquoi alors toute cette mise en scène?

– Attends. On a le temps.

Salim eut le pressentiment que bien que ce ne fût pas une plaisanterie, ce ne pouvait pas être un complot.

– Es-tu jamais allé chez les prostituées?

Abasourdi, pris de court, Salim demanda:

– Pourquoi me poses-tu cette question?

– Est-ce interdit? Je voulais tout simplement te proposer de m'accompagner le jour de paye.

– C'est cela ton secret? Tu aurais pu m'en parler à la banque.

– On dirait que tu as peur de manquer un train. J'ai à te parler d'une affaire mais dis-moi d'abord, viendrais-tu avec moi? Une maison sûre. On me l'a fortement recommandée. Des filles propres.

– On a le temps d'y penser. On n'est que le 15. Peut-être, fit-il avec un sourire rogue. Je ne dis pas non.

Sasson sirotait lentement son thé.

– Et ton affaire? Je dois partir. Je n'ai pas prévenu que je serais en retard.

Sasson se rapprocha, puis d'une voix chuchotante, il commença:

– Nous sommes tous les deux décidés à ne pas finir nos jours à la banque.

– Oui.

– Nous nous connaissons assez pour nous associer.

Il attendit

– N'est-ce pas?

– Oui.

– Bon. Voilà. J'ai pensé que tout en gardant nos emplois, nous pourrions louer un bureau, choisir un nom de commerce et nous lancer dans l'import-export. Les clients défilent devant nous tous les jours. On les connaît.

– Et la banque?

– On n'a pas besoin de son autorisation. On passera quelques heures au bureau l'après-midi et le soir, et quand l'affaire aura démarré, nous démissionnerons. L'un après l'autre. La banque est une source d'informations. J'ai déjà trouvé une pièce dans un khan. Deux dinars par mois. Nous l'aurons peut-être pour un dinar et demi. Il nous faut des chaises, une table, une machine à écrire. Nous ne pourrons pas aller souvent chez les filles mais qui sait? Dans six mois, l'un de nous pourra déjà démissionner.

– D'accord.

– Tu ne veux pas réfléchir?

– Sasson, je te dis que je suis d'accord.

– Tu es mon frère.

– Nous pouvons louer dès aujourd'hui?

– Ils nous attendent pour signer le bail.

Ils s'engouffrèrent dans les dédales du souk. Dans les ruelles, à l'alignement, des boutiques parfois assez grandes pour contenir une dizaine de personnes, parfois simples étals. À chaque commerce, sa spécialité de tissu: popeline, satin, velours, etc. Tous les marchands étaient connus de nom et de réputation. Tous juifs. Ici et là une exception, un Assyrien ou un chiite mais dans le souk, le commerce des tissus est le domaine des juifs. Aux coins des rues, des khans. Une cour centrale sert d'entrepôt, entourée de bureaux. Rez-de-chaussée et un étage, tous comme la plupart des maisons d'habitation. À l'une des extrémités, le souk donnait sur un autre souk, celui des ferblantiers où il n'y avait que des musulmans. À l'autre extrémité, entièrement juif celui-là, le souk des joalliers. Khan Hamid donnait, par l'arrière, sur le souk des ferblantiers. Par un passage entre les ballots de tissus et par un escalier sombre, Sasson fit monter Salim à un cagibi.

La porte poussée, il alluma. Une ampoule électrique, suspendue au plafond, éclaira des murs humides, noircis par le temps.

– On ne souffrira pas de la chaleur, dit Sasson en riant. Le soleil ne pénètre jamais ici.

Salim aperçut une petite table en bois et deux chaises. Du mobilier qu'on trouve dans les cafés.

– Assieds-toi, dit Sasson, déjà maître des lieux.

– Je ne suis pas fatigué, dit Salim, partagé entre la gêne et la déception.

Les événements se succédaient à un rythme essoufflant. En deux heures, le voilà l'associé d'un compagnon de travail donc il ne connaît pas la famille. Était-il honnête? Et il se découvre locataire d'un bureau.

Salim devint cosignataire d'un bail. Il vivait un rêve. À la fin du mois, il pourrait enfin s'acheter un nouveau complet. Il fallait s'en passer pour le moment.

Ce même soir, les deux associés parcoururent plusieurs fois la rue Abou Nouas, tous deux trop agités pour s'immobiliser dans un café. Ils ne sentaient point leur fatigue.

– J'ai pensé à un nom pour notre commerce, dit Sasson.

– Nous ne pouvons pas utiliser les nôtres.

– Juste. Et impossible d'utiliser *Company Limited,* car il faudrait nous enregistrer, déclarer un capital... J'ai pensé à Iraq Trading Bureau. Cela sonne bien.

– Pourquoi Iraq? C'est trop limité. Middle East Trading Bureau.

– Merveilleuse idée, s'écria Sasson en lui donnant une tape dans le dos.

Pendant plusieurs semaines, les deux partenaires vécurent dans l'agitation et la ferveur. En cachette, à la banque, ils relevaient les noms et adresses d'une certaine clientèle et l'après-midi, ils tapaient à tour de rôle une lettre, toujours la même. Ils offraient leurs services en tant que courtiers ou représentants. Ils s'enquéraient des prix, des délais de livraisons et réclamaient des échantillons. Leurs lettres partaient pour l'Angleterre, la France, l'Allemagne et les USA.

Au bout d'un mois les réponses commencèrent à arriver. Parfois, des fins de non-recevoir. La maison avait déjà un agent. D'autres lettres étaient plus encourageantes; s'y joignaient des catalogues, des listes de prix, et des demandes de références bancaires.

Au bout de deux mois, ils disposaient d'offres assez nombreuses pour partir à la recherche de clients. N'étant que les intermédiaires, ils toucheraient une commission s'ils trouvaient des importateurs.

Un jour, ils reçurent une lettre de leur propre banque. Une entreprise demandait des renseignements à leur sujet. Pouvaient-ils donner leurs noms et leurs références bancaires?

Ils classèrent la lettre avec un éclat de rire, non exempt d'appréhension.

Un jour, un homme, un chrétien, se présenta au guichet de Salim à la banque.

– Salim Abdullah?

– Oui.

– J'ai à te parler, dit-il d'une voix tonitruante.

– À quel sujet?

– Je suis l'agent des cognacs Martel. Vous avez offert vos services à la maison.

– Je ne sais pas de quoi vous parlez.

– Ne fais pas l'innocent, mon ami. Je me suis renseigné! Middle East Trading Bureau.

– Connais pas, dit Salim la voix étranglée.

– Eh bien! je te le dis, mon garçon, fais attention. Si tu as besoin de cognac, je suis là. Un conseil: sache où tu poses le pied avant d'avancer.

Bien qu'occupé avec un client, Sasson avait suivi l'incident.

– Ne t'en fais pas, dit-il un peu plus tard à Salim. Dans quelques mois, nous ne serons plus là.

Salim voulait à tout prix éviter un scandale. Le soir, au bord du fleuve, il fit part à Sasson de ses craintes. Celui-ci était à la fête. Il venait de faire sa première vente. Dix «grosses» de

Yashmaghs, la coiffe irakienne en coton, fabriquée en Inde. L'acheteur, un marchand musulman de Kut, semi-illettré.

– Nous ne recevrons notre commission qu'à la livraison, dit Salim.

– Et puis après? Ce n'est qu'une première transaction. Il y en aura d'autres.

La banque était une source inépuisable d'adresses de fournisseurs étrangers et d'acheteurs locaux.

– Dans six mois nous aurons une réputation telle que nous n'aurons plus besoin de solliciter les clients. Il faudra, au départ, nous contenter de la commission.

Après l'acheteur de Kut, il y en eut d'autres de Kadhimaine, de Basrah et même d'Arabie Saoudite. The Middle Eastern Trading Bureau ne faisait pas comme tant d'autres qui importaient la marchandise et la revendaient à leur prix. Les associés se contentaient d'agir comme agents. Ils n'avaient d'ailleurs pas le choix, ne disposant d'aucun capital.

Le jour où ils touchèrent leur première commission fut un jour faste. Soixante dinars. Plus que leurs salaires de deux mois réunis. Ils étaient sur la voie de la fortune. Ils ne seraient pas les prisonniers d'un traitement, d'un genre de vie, d'une condition connue à l'avance. L'aventure donnait des fruits. Ils n'allaient pas s'arrêter là. Salim, d'habitude plus craintif, perdit toute réticence. Il était même, dans ses rêves et ses projets, plus hardi que son compagnon. Ce fut lui qui proposa une grande sortie. D'abord le malha el Rafidaine. Non loin du cinéma Al Zawra, ce nouveau cabaret faisait venir les meilleurs artistes d'Égypte. Inauguré par Oum Koulthoum, la grande vedette de la chanson, on y voyait défiler les chanteurs et les chanteuses que la radio, la nouvelle découverte, installée déjà dans les grands cafés, rendait populaires. Ce soir-là, Asmahan, une Libanaise s'y produisait. Salim et Sasson, arrivés tôt, commandèrent du whisky. Il était neuf heures. L'orchestre faisait valoir ses musiciens. C'était la première fois que Salim et Sasson allaient au cabaret, goûtaient au whisky. Ils n'allaient pas commander un vulgaire arak, boisson des indigènes! Mais l'alcool des Anglais, des occidentaux, des hommes bien, ne leur plut pas, sans qu'ils se l'avouent.

La salle se remplissait, parsemée de cheiks, de chefs de tribu de passage, coiffés de akal mais en majorité d'hommes de la ville, en costume occidental.

Quand Asmahan fit son apparition, l'auditoire éméché et impatient lui fit une ovation houleuse. Frêle, souriante, enveloppée d'une longue robe noire, elle avançait d'un pas décidé. Elle avait un visage un peu long, un grain de beauté sur la joue, et de grands yeux bruns.

– Tu la trouves belle? demanda Sasson à un certain moment.

– Je ne sais pas. Sa voix est belle.

Connue pour son souffle, elle pouvait soutenir un crescendo durant une bonne minute. Salim s'oubliait, fermait les yeux, vibrait au mouvement de la voix.

La salle éclatait en applaudissemets, hurlait! Allah, Allah.

– Réveille-toi, s'écria Sasson.

– Écoute, Sasson, c'est si beau.

Il était minuit passé quand Asmahan se retira, accompagnée de cris, de hurlements et de quelques épithètes grivois. La salle se vidait et ceux qui restaient, rivés à leurs sièges, commandaient des bouteilles d'arak.

– On rentre? dit Salim.

– Es-tu fou? On en est aux préliminaires. Maintenant la pièce de résistance. Nous avons rendez-vous avec Nadia.

Sasson voulait bénéficier de l'effet de surprise. Nadia, une aide-infirmière, quittait l'hôpital à minuit. Pour arrondir ses fins de mois, elle acceptait des rendez-vous avec des hommes sélectionnés, hautement recommandés. Ce n'était pas à proprement parler une prostituée, pas une prostituée ordinaire. Elle ne travaillait pas dans une maison et n'était pas au service d'un

Kawad. Sasson avait été recommandé par un client, un vrai cadeau, car les habitués de Nadia ne voulaient pas en faire une simple prostituée. Elle était la compagne d'une soirée, d'une nuit. Monnayée, mais c'était un détail. Grâce à un arrangement avec une famille du quartier Akoulia elle avait une chambre pour ses rendez-vous. On la lui louait au prix fort tout en se taisant sur son commerce. Il n'y avait pas de maisons closes dans le quartier.

– Demain, elle ne travaille pas. Nous pourrons l'avoir toute la nuit.

Ce n'était pas la première fois que les deux hommes allaient chez les prostituées, mais c'était la première fois qu'ils y allaient ensemble.

– Combien?

– Un dinar chacun.

– Elle n'y va pas de main morte. C'est le tarif d'une danseuse.

– Salim, Nadia n'est pas une prostituée. Et nous célébrons, ce soir. Nous pouvons nous la payer.

Ils frappèrent discrètement trois coups, tel qu'il était convenu.

La porte s'ouvrit sur une maison plongée dans l'obscurité. Une lumière filtrait à travers une porte.

Ils pouvaient à peine discerner les traits de l'homme qui les conduisit à la chambre où Nadia était assise. Les rideaux étaient tirés. Une table, trois chaises de bois. Sur la table, une carafe d'eau et *Al Zaman* de la veille.

– Nadia, s'écria Sasson d'un air dégagé, voici mon ami Salim.

Brune, les cheveux noirs, sans maquillage, un nez fort déparé par une cicatrice, une ukht, les yeux petits et noirs. Elle portait une robe de coton à rayures bleues et rouges. Au cou, un collier de perles. Sasson ne pourrait pas vanter sa beauté.

Cependant elle n'était pas laide. Salim en conviendrait volontiers. Elle se leva de sa chaise. Petite, mince, ses seins tendaient sa robe.

– Qui vient le premier? demanda-t-elle sans préambule.

– Vas-y, dit Sasson décontenancé.

– Non, vas-y, toi.

Salim n'était pas prêt. Il n'éprouvait même pas de désir. Toute la journée, il rêvait d'une femme comme Asmahan. Il aurait voulu emmener une fille au bord du fleuve et lui parler, lui parler longuement avant de faire l'amour. Asmahan elle-même était inaccessible mais sa voix le hantait. Se trouver, sans transition, dans une chambre avec une prostituée, c'était tomber de haut. Mais il ne pouvait pas, non plus, rentrer se coucher sans plus.

Jour de célébration. Ils venaient de faire les premiers pas sur la voie de la fortune.

Nadia ouvrit une porte et Salim aperçut un lit bas, une bassine et une aiguière. «Comme à l'entrée d'une mosquée», se dit-il. D'une main ferme, elle entraînait déjà Sasson vers la chambre. Celui-ci, surtout embarrassé, cherchait Salim des yeux, lequel fixait obstinément les dalles sous ses pieds.

– Tu peux lire *Al Zaman* en attendant, dit Sasson en riant.

Salim essaya en vain de lire les titres des articles. De l'autre pièce lui parvenait le rire gêné de Sasson. Triste, agité, il changea de siège, reprit sa lecture. Rien à faire. Maintenant le rire strident de Nadia le frappait comme un juron obscène. Il ouvrit la porte du couloir. Un couloir sombre. La voix cassée de Nadia le clouait au sol. Un homme ne s'enfuit pas. Il écartait de son imagination son corps nu, ses seins dressés, ses mains qui retenaient Sasson. Bientôt ce sera son tour. Il était impatient d'être dans ce lit. Nu. De sentir la peau de la femme, de se coller contre elle. Il avait honte de son désir, se méprisant de succéder à son compagnon dans ce lit. Asmahan était la femme, la vraie femme, belle et inaccessible. Nadia n'était qu'une prostituée déguisée en infirmière pour exiger double tarif. Il l'entendit rire, parler et eut envie de la presser contre lui, de l'étouffer contre son corps.

La porte s'ouvrit et Sasson apparut, joyeux.

– Elle t'attend, dit-il d'un ton conspirateur. Vas-y.

«Salim, je t'attends» appelait Nadia d'une voix qui se voulait enjôleuse. Sasson le poussa à l'intérieur de la chambre et ferma la porte.

Nadia en culotte minuscule et soutien-gorge était assise sur le lit. Son rire de petite fille contrastait avec le déploiement de sa chair nue, ses bras qui l'attiraient vers elle.

– Tu vas m'aimer, mon chéri. Déshabille-toi vite.

Sans être une prostituée, elle en adoptait le vocabulaire.

Salim retira veste, chemise et pantalon. Il garda sa culotte.

– Si tu me montres ce que tu as, je te révélerai mes secrets.

Elle lui caressait son sexe.

– Je suis une infirmière. Je vais dispenser à ce merveilleux sexe les soins qu'il réclame, dit-elle en lui retirant sa culotte. Quand on a un si beau sexe, il ne faut pas le cacher.

Elle détacha son soutien-gorge.

– Tu ne veux pas les voir?

Salim se jeta sur elle, enfouit son visage sur sa poitrine. Elle sentait la sueur. Il fit glisser sa culotte.

– Attends, mon chéri. Ton sexe ne peut pas atterrir sans parachute. Il se ferait mal.

Elle tira un caoutchouc de sous l'oreiller et tout en lui caressant le sexe d'une main, elle le lui enroula de l'autre.

– Comme tu es habile et beau.

Il posa sa bouche sur ses lèvres qu'elle entrouvrit pour glisser sa langue. Elle sentait l'oignon mais Salim résista à son dégoût. Il caressa les cuisses, suça ses seins. Et c'était déjà la fin. Il avait à peine regardé Nadia. Désemparé, déçu, il aurait voulu que le moment se prolongeât, qu'il eût le temps de sentir la femme contre lui. Un tel désir et c'était déjà fini. Elle se leva.

– Attends, dit-il.

– Tu ne vas pas recommencer, mon chéri.

– Non. Je reviendrai, mais je veux te voir avant que tu ne remettes tes vêtements.

Les seins, les cuisses, le ventre. Ce n'est pas un rêve. Nadia était là et elle sentait la sueur et l'oignon; il la désirait et la désirerait toujours.

*

* *

Les commandes affluaient; d'Allemagne, des teintures chimiques, d'Angleterre, des sacs à main de cuir, de France, des poupées, de Palestine, des tricots.

Un soir dans leur bureau, Sasson exténué déclara:

– Cela ne peut plus durer. Nous travaillons tous les soirs. Nous n'avons même plus le temps de faire une promenade. L'un de nous doit quitter la banque.

– Pourquoi pas nous deux ensemble?

– Pas encore, Salim, dit Sasson d'un ton sage. Nous avons encore besoin d'adresses, de listes de prix, tu sais...

– Alors, c'est moi qui démissionne. Tu es plus habile que moi pour fouiller dans les dossiers qui ne te regardent pas.

C'était le début de l'été. La brise du soir était très douce. On avait transporté les lits sur les toits et au petit jour, il était très agréable de se couvrir jusqu'au cou pour se protéger de la fraîcheur. Bientôt le soleil se lèverait plus tôt, et il serait impossible de s'attarder au lit.

Désormais son propre maître, Salim se rendait à son bureau, au khan, passé huit heures, parfois neuf heures, alors qu'il devait arriver à la banque vers sept heures.

Un matin, seul sur le toit, il lisait l'*Iraq Times* de la veille. Depuis qu'il était devenu importateur, il s'était mis au quotidien des Anglais, avec un journal du soir. Du toit voisin s'éleva une voix chantant un air de la nouvelle vedette égyptienne Layla Mourad. Celle-ci donnait la réplique à Mohammed Abdul Wahab dans des films que les Irakiens revoyaient cinq, six, parfois dix fois pour entendre les deux chanteurs. On disait que Layla Mourad était juive et que son père était Hazan dans une synagogue du Caire. On était fier de proclamer grande vedette une fille de la communauté, mais un peu moins d'admettre que la fille d'un Hazan était la partenaire et sans doute la maîtresse d'un musulman. Salim s'immobilisa. La voix avait des intonations d'Asmahan, son souffle, mais elle était moins aigüe. Une voix de chair, d'une riche gravité, d'une fragilité vibrante.

Debout sur le lit, il pourrait voir la chanteuse de l'autre côté du mur de séparation, mais il l'effrayerait sans doute et elle se tairait. Il l'entendait taper sur les oreillers pour refaire les lits.

– Qui sont les nouveaux voisins? demanda-t-il à sa mère.

– On ne les connait pas. Ils viennent de Basrah. La famille Agha. Inconnus, mais il semble qu'ils sont honorables.

– Combien sont-ils?

– Un homme – il vient d'ouvrir une épicerie à Taht el Takia – sa femme et leurs quatre enfants.

– Agés?

– Non, tout jeunes. Le plus âgé a six ans.

– Il ont une bonne?

– Tu es bien curieux subitement, dit-elle, soupçonneuse.

– Et après?

– Non. Ils ne sont pas assez riches pour avoir une bonne. Ils élèvent une nièce de dix-huit ans. Orpheline, à ce qu'ils disent. Mais ils viennent de loin. Impossible de vérifier.

Tous les matins, Salim s'attardait sur le toit, à guetter la voisine. Parfois, elle chantonnait et était quasi inaudible, parfois elle gardait le silence. Le plus souvent, elle chantait. Des airs d'Abdul Wahab, de Farid Al Attrache et de Layla Mourad. Un jour, il entendit la maîtresse de maison l'appeler: «Farida.» Il savait son nom. Elle était belle. Il en était certain, même sans l'avoir jamais vue. Il cherchait le moyen de la voir, sans la faire fuir. Les toilettes étaient à ciel ouvert. Debout sur le siège, sa tête dépassait le mur mitoyen qui donnait du côté de l'escalier. Il attendit qu'elle finisse de ranger pour la voir descendre. De son perchoir, il ne la voyait que de dos. Il aperçut ses bras, ses jambes et ses cheveux. Il savait qu'elle était brune et qu'elle avait des cheveux noirs. Comme des centaines d'autres. Sauf que Farida était la plus belle.

Il faisait le guet. En fin d'après-midi, il installait une chaise près de l'entrée, pour lire le journal, disait-il. Mais les rares fois où elle quittait la maison, elle était voilée. Il ne confondait pas nièce et tante, celle-ci plus forte, et l'autre aux chevilles fines, la seule partie du corps que le voile laissait percevoir.

À l'arrivée comme au départ de chez lui, il n'avait qu'une préoccupation, voir Farida. Un après-midi qu'il rentrait tard pour le déjeuner, il vit que la porte des voisins était ouverte. Salim ralentit le pas. Farida était là, sans voile. Il s'arrêta, lui sourit, chercha ses mots sans les trouver, sourit à nouveau. Farida ne se précipita pas sur la porte pour la fermer. Il crut même deviner l'ébauche d'un sourire, un mouvement des lèvres. La chaleur était suffocante. Un vent de braise enflammait le visage de Salim. La sueur lui coulait du cou et des aisselles. Il ne tenait plus de joie. Farida était belle. L'avait-il vraiment vue? Elle était belle comme dans ses rêves les plus fous. Et ce sourire. Elle l'avait reconnu. Elle savait qu'il l'aimait. Il était impossible qu'elle ne le sût pas. Il dut attendre deux jours avant de l'entendre chanter sur le toit. Habibi, mon amour. Elle répondait à son appel.

Une semaine plus tard, il rentra à la même heure, l'après-midi. Son cœur battait la chamade. La porte de Farida était ouverte et elle se tenait là. Elle l'attendait. «Farida», parvint-il à murmurer. Elle sourit et rentra sans se hâter. Cette fois, aucun doute n'était possible. Elle aussi le guettait. Elle l'aimait. Il n'osait pas le croire même s'il en était convaincu. Elle ne pouvait pas ne pas l'aimer. Ses journées s'organisaient autour d'elle. Le matin, elle chantait pour lui. Et l'après-midi, quand il rentrait tard, elle se tenait à la porte. Les autres jours, quand il rentrait plus tôt, il l'apercevait à la fenêtre. Il finit par comprendre. Il ne lui était pas possible de se rendre à la porte avant que tout le monde, y compris les enfants, fût profondément endormi. C'était l'heure de la sieste. La rue, une fournaise, était déserte. Si, par hasard, un passant s'y hasardait, elle se réfugiait derrière la porte sans la refermer entièrement.

Salim travaillait d'arrache-pied. Il débordait d'énergie. Son amour lui donnait des ailes. Chaque fois qu'il réussissait un coup, il savait que Farida serait fière de lui, lui dirait tous les mots qu'aucune autre femme n'a dit à un homme. Souvent, il était sur le point de tout dire à Sasson, de le faire participer à son exubérance. Celui-ci se plaignait de la banque, de la sévérité de l'horaire.

– Je travaille plus que toi.

– Je sais. Mais tu travailles pour toi. Ce n'est pas la même chose.

Sasson attendait que Salim lui suggérât de démissionner. Mais celui-ci s'en gardait bien. La présence de Sasson dérangerait ses rendez-vous matinaux avec Farida.

Une fois par semaine, Sasson passait la soirée avec Nadia. Elle le rejoignait à la fin de l'après-midi. Il achetait du pain, du fromage, des fruits et des gâteaux et un quart de bouteille d'arak. Nadia aimait boire. Plus de rendez-vous de minuit. Elle était trop fatiguée quand elle avait été de service. Peut-être avait-elle d'autres amis, même si elle lui jurait le contraire. Elle ne comptait plus les heures qu'elle passait avec lui et Sasson ne comptait pas l'argent qu'il lui donnait.

– Nadia demande toujours de tes nouvelles, dit-il à Salim.

– Je voudrais beaucoup la revoir.

– Je le lui dirai. Je crois qu'elle ne voit plus personne d'autre.

Salim se demanda si Sasson n'était pas jaloux. Quelle bêtise. Une prostituée. Il crut bon de ne pas insister.

Le lendemain, Sasson, le sourire large, l'accueillit par ces mots:

– Nadia a parlé de toi à une amie. Elle t'attend ce soir à la maison d'Akoulia. Huit heures.

– Mais... protesta Salim, pris de court.

– Tu n'es pas devenu subitement impuissant. Tu ne peux pas passer ta vie au khan.

S'il savait!

– Et comment s'appelle-t-elle?

– Nouriah.

– Nouriah recevra ce soir tout l'amour qu'un homme peut donner à une femme. J'espère qu'elle ne s'attend à rien d'autre.

– Non, dit Sasson, entrant dans le jeu, elle sait que tu n'ignores pas le tarif.

– Dommage qu'on ait à aborder de tels détails.

– Oui, dommage, soupira Sasson, pensif.

En se rendant à la maison d'Akoulia, Salim n'avait plus d'appréhension. Il aimait cette atmosphère de fausse conspiration.

À sa surprise, il n'avait pas le sentiment de trahir son amour pour Farida. Au contraire, il allait le lui prouver, lui en faire la démonstration.

De l'eau. Et *Al Zaman* de la veille. «Ils n'achètent que le journal de la veille» se dit-il, en souriant de sa plaisanterie.

Nouriah ouvrit la porte. Elle avait déjà enlevé son voile. La peau claire, couleur de blé comme on dit, les yeux bruns, une grande bouche et un long nez pointu, ses cheveux bruns étaient coupés court, à l'occidentale.

– J'ai soif, dit-elle, je me suis dépêchée.

Il reconnut son accent. Elle est chrétienne. Peut-être arménienne ou originaire du Nord, de Mossoul.

Il lui serra la main.

– Tu es comme t'a décrite Nadia. Tu travailles toi aussi à l'hôpital?

– Oui, dit-elle, hésitante.

– Tu es plus belle qu'elle ne t'a décrite.

Elle n'avait pas l'air de comprendre.

Il la serra contre lui.

– Je veux dire que je te trouve belle, dit-il avec conviction.

– Toi aussi, tu es beau.

Elle avait l'air moins délurée que Nadia, peut-être avait-elle moins l'habitude.

Il la conduisit vers la chambre, le lit.

– Tu vas te déshabiller.

Elle avait un sourire triste. Elle enleva son chemisier blanc brodé de bleu, sa jupe rose. Elle portait un jupon qu'elle enleva lentement, comme si elle hésitait, se reprenait. Lui était déjà nu. Il la renversa sur le lit et se mit à l'embrasser. Elle sentait l'eau de rose et la poudre.

– Tu sais, dit-elle, je ne...

Elle se tut et à son tour se mit à l'embrasser.

Le visage de Farida ne le quittait pas. Il ferma les yeux. Elle était là, contre lui, toute nue, et il la pénétrait. Sauvagement. Il attendait ce moment depuis si longtemps. D'abord rigide,

Nouriah se détendit puis elle l'entoura de ses bras. «Farida», allait-il s'écrier. Subitement, il sentit la colère l'envahir, l'immobiliser. Il s'écarta d'elle. Sous les aisselles, sa touffe noire sentait la transpiration, l'enivrait. Elle était forte, les cuisses solides, musclées. Pourquoi était-elle là, ravalant Farida à l'état de prostituée? Il fallait laver l'honneur de la femme de sa vie. Un jour, Farida, elle aussi, allongée sur le lit, l'attendra, il l'aimera, et il sera à elle. Il sentit la main de Nouriah sur lui, hésitante, malhabile. Il n'avait pas l'habitude des caresses et elle non plus. Comme Farida. Et il lui en voulait de ne pas être Farida. Il se remit sur elle, pesant de tout son corps sur le sien et il la pénétra doucement, tendrement, comme pour s'excuser, se faire pardonner de l'avoir brutalisée. Il aimerait toutes les femmes, caresserait toutes les femmes du monde parce qu'il aimait Farida, parce qu'il était à Farida et que Farida était à lui de tout son corps, de tout son cœur.

Nouriah se leva, s'accroupit devant la bassine et procéda à sa toilette. Elle ne lui avait pas demandé, comme Nadia, de savonner son sexe avant de la rejoindre au lit. Il s'approcha d'elle et se mit lui aussi à chasser toutes les maladies qu'il aurait pu contracter dans ces moments de fièvre. Il n'avait pas le droit de se faire contaminer, son corps n'était plus à lui. Il ne pouvait pas faire cela à Farida. Ses yeux rencontrèrent ceux de Nouriah, souriants, tristes, quémandeurs. Elle voulait... Quelle bêtise. Une prostituée. Il lui remettrait son dû. il n'était pas Sasson. Il avança le bras, il allait la toucher, l'aider à s'essuyer, puis comme s'il changeait d'avis, il se mit à lui chatouiller le ventre puis les aisselles. Elle riait comme une enfant, sans réticence, sans vulgarité et sans coquetterie. Un rire plein, joyeux. De satisfaction.

Ils étaient debout. Nus. Il détourna les yeux, gêné. Jamais il n'avait regardé une femme nue sans payer. Il n'en voulait pas à Nouriah d'être, elle aussi... Il s'habilla rapidement, sortit un dinar de son portefeuille, le plia et le glissa dans la main de Nouriah. Elle mit le billet dans son sac sans le regarder. Salim reprit son portefeuille, en sortit un billet d'un demi-dinar qu'il déposa dans le sac de Nouriah. Ce n'était pas un excès de générosité. Il se rachetait de la traiter comme une prostituée à tarif, et s'excusait auprès de Farida de lui faire l'amour de cette façon, à distance, par intermédiaire, non pas dans un rêve mais de toute la présence de son corps.

Ils étaient prêts à partir. Salim ouvrit la porte. Nouriah debout, ne bougeait pas.

Que s'était-il passé entre eux? Elle n'était qu'une prostituée et il lui avait remis plus que son dû.

– Si je veux te revoir...

– Quand tu veux...

Son visage s'illumina.

– Comment? Par Nadia?

– Si tu veux...

– Je ne peux pas?...

Chaque fois qu'il voudra faire l'amour, aura-t-il à le crier sur les toits? L'annoncer à Sasson, passer par Nadia...

– Où te rejoindre? À l'hôpital?

– Non. Il vaut mieux pas.

Il savait qu'elle ne travaillait pas à l'hôpital. Elle lui donna une adresse à Bab el Charqui. Il n'avait qu'à y déposer, la veille du jour où il voulait la voir, une feuille blanche avec la lettre S. Leur rendez-vous serait toujours à huit heures du soir, au même endroit.

– Et tu pourras toujours venir?

– Oui.

– Tu habites là?

– Non. Je suis une infirmière privée... Je travaille...

Il n'insista pas. C'était une domestique, une sorte de bonne?

*

* *

– Alors, est-elle belle ta Nouriah? lui demanda Sasson, le lendemain.

– Pas mal. Comparée à Nadia...

Il voulait lui faire plaisir, ou du moins ne pas le peiner.

Parfois, il le sentait si étranger, si exaspérant. Ils discutèrent longuement de leurs besoins. Une deuxième machine à écrire, une autre table, un secrétaire peut-être. Ils seraient obligés alors de changer de lieu.

– Il y a un bureau au khan el Khedhairi, dit Sasson.

Il organisait tout. Et il se contentait de le mettre au courant.

– Nous sommes bien ici.

– Nous avons placé assez de commandes pour nous permettre...

– Nous sommes bien ici.

Salim était impatient, irritable et surtout triste. Sasson choisit de ne pas insister. Il l'accompagna chez lui et tout au long du trajet ils ne parlèrent que de Nadia et de Nouriah.

– Tu sais, dit Sasson, un jour nous louerons une petite maison, loin à Elwiyah, ou à Karradah ou au Slekh. Là, personne ne nous connaît. Et nous n'aurons plus besoin d'aller dans le quartier Akoulia. Salim se détendit.

– Toi, tu ne manques jamais de merveilleux projets, dit-il, joyeux.

Il aura la maison à lui tout seul, deux ou trois jours par semaine. Et il pourra l'utiliser à sa guise.

La journée fut chaude et le vent cinglant ne s'adoucit pas à la tombée du jour.

– Veux-tu te promener? demanda Sasson.

– Je suis trop fatigué.

La mère de Salim était assise dans l'entrée. Elle accueillit Sasson avec une chaleur inattendue.

– Asseyez-vous, dit-elle en se levant. Je vais apporter d'autres chaises.

Salim se demandait s'il devait se sentir content ou embarrassé.

– Tu n'es pas pressé, Sasson. Il fait encore clair. Grâce à toi, je peux voir mon fils avant de me coucher.

Najiah, en robe fleurie, un peigne dans les cheveux, s'annonça par son kabkab, le soulier de bois, qui résonnait sur les dalles. Elle avançait avec précaution en portant un plateau chargé de quatre verres d'orangeade. Sasson la regardait avec insistance mais gêné par Salim qui le dévisageait, il baissa la tête.

– Vous vous donnez du mal.

– Par cette chaleur, dit la mère, je passe ma journée à boire.

Najiah, tout sourire, posa le plateau par terre avant de siroter son orangeade debout.

– Tu veux t'asseoir? dit Sasson, en se levant.

Elle eut un léger mouvement de tête de droite à gauche pour dire non.

– Elle n'arrête pas, dit la mère. Après la couture, le tricot, puis la cuisine et en plus les livres. Elle abîme ses yeux avec les livres. Je ne sais pas ce qu'elle y trouve. Bientôt, je n'aurai plus rien à faire dans la maison. Si on ne me l'enlève pas avant.

– Quelle belle allure a ton associé, dit-elle à Salim après le départ de Sasson. Et poli. Plein de prévenances. Les Karkoukli. Ce n'est pas une grande famille mais c'est une famille sans tares. On ne leur connaît ni fou, ni tuberculeux, ni prostituée. Est-ce qu'il boit?

– Non. Et il ne va pas aux courses, et il ne joue pas aux cartes. Il semble t'intéresser.

– On parle. Cela ne fait de mal à personne de parler.

Tout joyeux, il éprouvait, à sa surprise, une complicité avec sa mère. Il savait où elle voulait en venir et n'y était pas hostile.

Il ne voyait aucune contradiction à louer une maison avec Sasson pour y recevoir les Nadia, Nouriah et autres, et à voir en lui un futur beau-frère.

– J'étais surpris que tu laisses Najiah se présenter librement à un homme, un étranger.

Elle ne saisit pas la taquinerie. Ils se parlaient peu. Naji occupait toute la place.

– C'est ton associé, dit Najiah. Ce n'est pas un étranger. Et c'est toi qui en parle jour et nuit.

Il rit de bon cœur.

– Sasson est un bon garçon, un homme d'honneur.

Salim se coucha tôt. Aucun bruit sur le toit des voisins. Ils se couchent toujours à la tombée du jour. L'homme se lève à l'aube et réveille toute la famille. Farida dormait-elle, pensait-elle à lui? Il glissa sa main sous l'oreiller, toucha le billet qu'il lui remettrait le lendemain matin. Il n'avait pas sommeil. Sur le dos, il s'appliqua à compter les étoiles. Il se sentait plus proche de Farida, à proximité du but. Lequel? Il évita les précisions, même si elles le hantaient.

Il entendit la voix de Farida, le bruit des matelas pliés pour les protéger du soleil. Il se haussa sur le mur mitoyen et en frappa le faîte d'une main. Farida s'approcha, incertaine. Son cœur battait. Elle était si belle. Il lui fit signe, le billet à la main.

Il lança le papier plié, sourit et puis quitta son perchoir sans dire un mot. Il en avait pourtant eu l'intention. Il avait tourné cent fois dans sa tête la phrase qu'il lui dirait. Sur le billet, une phrase: «Farida, je t'aime. Salim.» Il ressentit subitement un coup dans la poitrine. Et si elle ne savait pas lire? Et si elle était illettrée? Impossible. Puisqu'il l'aimait. Elle ne pouvait pas être une ignorante.

À sa rentrée l'après-midi, elle était derrière la porte, souriante, le visage radieux; «Salim», chuchota-t-elle, puis se tut. À la vue d'une femme voilée qui tournait le coin de la rue, Salim poursuivit son chemin comme si de rien n'était.

Le lendemain matin, le chant de Farida s'éleva plus tôt que d'habitude. Bouleversé, Salim se demanda si elle se savait la plus grande chanteuse au monde. Il attendit, de crainte qu'elle ne fût pas seule. «Ya habibi, mon amour», entonna-t-elle. Il se haussa au-dessus du mur. Elle l'attendait, tout en pliant les matelas puis les transportant sous un treillage, à l'ombre. Il lança le billet: «Farida, je t'adore, je t'aime et j'adore ton chant. Salim.» Elle leva le bras. Dans sa main, un papier qu'elle lui tendit en avançant. Ils restèrent là, à se regarder.

– Farida, commença-t-il.

Elle posa son index sur ses lèvres, puis elle recula. Du papier d'écolier et d'une écriture d'enfant, au crayon: «Salim. Moi aussi je t'aime. Farida.» Après avoir lu, relu, humé le billet, il le rangea avec soin dans son portefeuille avec les dinars.

Cet après-midi là, la porte des voisins était fermée. Il pâlit. Avaient-ils découvert ses messages? Il aurait dû la mettre en garde de déchirer ses billets au besoin. Il n'aurait pas dû écrire le nom de Farida ni signer ses messages. Il se dénonçait. Mais comment taire ce nom de Farida alors qu'il était tout pour lui? Il passa outre devant sa porte, fit le tour d'un pâté de maisons, revint sur ses pas. La porte demeurait toujours aussi aveuglément close. Il continua sa promenade forcée. Sa chemise était transpercée de sueur: dos, poitrine, manches. Brûlant, fiévreux, un marteau frappait dans sa tête. Il avait envie de s'accroupir devant la porte et de pleurer. Tout était perdu. Reverrait-il jamais Farida? Peut-être l'avaient-ils expédiée chez elle? Peut-être l'enfermaient-ils?

À son troisième passage devant la porte, il ralentit sa marche. La porte s'ouvrit. Farida était là, un enfant dans les bras. «Dors, dors mes yeux, dors mon cœur», chantait-elle en adressant du regard les paroles au passant.

Salim avait des ailes. Il flottait. Chez lui, il enleva ses vêtements et s'étendit sur le canapé.

– Mange avant de dormir, lui dit sa mère.

Il se releva, engloutit son repas, affamé. Il dormit longtemps. En fin d'après-midi, Najiah le réveilla.

– Sasson est à la porte. Il veut te parler.

Après s'être lavé le visage, il mit une chemise propre. Il entendit sa mère dire:

– Mais entre, Sasson. Ne reste pas dehors. Nous ne sommes pas des étrangers. Tu es chez toi.

Dans la cour, Salim trouva Sasson assis sur le bout d'une chaise, qui lorgnait sa sœur, installée à l'autre extrémité, un tricot à la main.

– Excuse-moi de venir chez toi, commença Sasson.

– Mais pas du tout. Najiah, as-tu offert à boire à Sasson?

Sans répondre, celle-ci se leva et se précipita dans la cuisine.

– Laisse, protesta Sasson. Je ne reste pas. Je ne viendrai que ce soir au bureau, et comme tu seras déjà parti... Je te rappelle que demain, nous devons signer le bail du khan el Khedhairi, à moins que...

– Je suis tout à fait d'accord. Cinq heures demain. Cela te va?

– Il faut prévenir.

– Je passerai demain matin avant le bureau.

Najiah revint avec deux verres d'orangeade. Avait-elle pris le temps de mettre du rouge sur ses joues?

Sasson, plus détendu, dit:

– Cela doit être dur de tricoter de la laine par cette chaleur!

– C'est du coton, dit Najiah et elle s'enfuit.

Sasson se retira aussitôt.

Le lendemain matin, Farida chantait «Ya laili, Ya aini (O nuit, O mes yeux).» Salim lui lança son message: «Farida, mon amour. Je pense à toi, jour et nuit. Salim.»

Elle fit virevolter dans l'air sa propre lettre. Ils se regardèrent et Farida reprit son chant. «Ya laili, Ya aini.» Sa voix était sublime et, en plus, elle improvisait comme l'artiste le plus chevronné.

Il lut son billet: «Salim, mon amour. Demain, parc El Saadoun, trois heures.»

Il ne tenait plus de joie. Il allait enfin pouvoir lui parler, peut-être même la toucher. Quelle intelligence, quelle perspicacité! Pas le parc Ghazi, très fréquenté mais le parc El Saadoun, où en plein soleil, l'après-midi, il n'y aura pas un chat.

Malgré la chaleur, fébrile, il décida de se rendre à pied au bureau. Dans la rue, il s'assombrit. Était-il le seul, l'unique, le premier dans la vie de Farida? C'était elle qui avait pris l'initiative, choisi l'endroit, l'heure. Elle était peut-être coutumière du fait. Mais non, se rassura-t-il. Elle l'aimait et son amour lui donnait de l'imagination. Et lui? Pourquoi n'avait-il pas pensé à un rendez-vous?

Il était trop bête, trop ignorant. Il manquait d'audace. Puis, la pensée de voir Farida l'emporta sur tous les doutes, toutes les craintes. Et le transporta de joie.

Le lendemain, il rentra déjeuner tôt. Il prit son temps sous la douche, choisit une chemise propre.

– Je vais au bureau, annonça-t-il.

– À cette heure-ci? demanda Najiah.

À son sourire moqueur, Salim se demanda si elle n'était pas au courant... Peut-être de la cour l'avait-elle surpris en haut du mur? Bientôt, il n'aurait plus rien à cacher. Son amour pour Farida éclatait sur son visage. Il avait envie de l'annoncer au monde entier: Farida, la plus belle femme et la plus grande chanteuse.

Il arriva au parc. Il s'appliqua à faire le trajet lentement pour ne pas se présenter à Farida empourpré, fatigué, sa chemise tachée de sueur. Le soleil tapait et les arbres étaient incolores. Même les roses semblaient blanches. Dans la rue, il cherchait l'ombre, fuyant l'ennemi omniprésent, implacable, ce soleil qui le poursuivait. Au parc, il entendit les oiseaux. Personne. Ni homme ni femme. Il était seul. Le maître. Il chercha un arbre assez haut pour s'y abriter, puis le quitta; Farida risquait de ne pas le voir. Il se déplaça d'un arbre à l'autre, toujours insatisfait. Au rond-point, le soleil liquéfiait l'asphalte. Il repartit à la recherche d'un arbre amical. Une femme voilée, un panier à la main, s'avançait. Ce ne pouvait être Farida. Elle marchait lentement. Une vieille. Et le panier. Farida ne viendrait pas avec un panier. La femme se dirigeait vers lui. Il s'immobilisa, en plein soleil. Il consulta sa montre. Trois heures dix minutes. Et si Farida avait eu un empêchement? Il la verrait le lendemain. Ils étaient unis désormais par leur amour. Personne ne pourra les empêcher de se rejoindre. La femme le croisait. «Salim» murmura-t-elle. Elle prononçait son nom et c'était une divine musique.

– Allons à l'ombre, dit-elle.

Incapable de parler, sa gorge nouée, les mots l'étouffaient. Sous le voile, personne ne pouvait la reconnaître. Pour lui, aucun danger. Un homme peut accompagner une femme. Sa sœur, peut-être sa mère. Il n'osait ajouter, une prostituée. Le mot le blessait. Ils s'arrêtèrent derrière un arbre.

– Farida.

Il ne parvenait pas à dire tout haut: «Mon amour, ma bien-aimée.»

– Salim.

Ce fut elle qui brisa l'étau du silence et de l'émotion.

– J'ai dit que nous manquions d'huile de sésame. Demain, c'est tcha beab et on doit préparer le plat de hlawa. Ma tante s'occupe de la sieste des enfants. Son mari dort à poings fermés. Je dirai que j'ai dû aller loin, que tous les épiciers étaient fermés.

Au début, elle parlait vite, puis son débit devint moins précipité. Il écoutait sa voix. Les mots ne lui importaient pas. Il attendait ce moment depuis si longtemps, en rêvait avec une telle persistance, et maintenant qu'elle était là, elle parlait d'huile de sésame et sa voix était toute mélodie, toute musique.

– Je suis rentré tôt du bureau. J'avais un client cet après-midi: je l'ai remis à demain. J'ai changé de chemise.

– Je suis si heureuse que tu aies pu venir.

– J'aurais tout fait, tout abandonné pour être près de toi. Je ne rêve pas, Farida. Je pense tout le temps à toi.

Elle ne répondit pas. Ce paquet de linge noir. C'était elle, ni yeux, ni bouche, ni corps. Une voix. Que ne donnerait-il pas pour la toucher, tenir ses mains, plonger ses yeux dans ses yeux? Il sentait tout son corps vibrer de par sa vibration à lui.

– Je pense jour et nuit à toi, répéta-t-il.

Quand il était au lit, il lui adressait des discours enflammés, et maintenant, il ne trouvait pas de mots pour lui dire son amour.

Il l'imaginait souriante, émue, sous le voile. S'avançant jusqu'à l'ombre de deux arbres, s'assurant qu'ils étaient seuls, elle découvrit son visage. Ses yeux étaient brûlants. Salim se dit qu'il n'avait jamais vu de femme de sa vie. Sa sœur, sa mère, cela ne comptait pas. Et Nouriah encore moins.

– Farida, s'exclama-t-il. Il se trouvait stupide, et n'arrivait qu'à répéter «Farida, Farida.»

– Salim.

– J'aime tellement t'entendre dire mon nom. C'est l'une de tes plus belles chansons.

– Tu aimes mes chansons?

– Tu es la plus grande chanteuse au monde.

– J'aime chanter.

– Je ne peux plus vivre sans t'entendre chanter. Je ne peux plus vivre sans toi.

Elle pleurait.

– J'ai tellement désiré ces mots. Tu me dis tous les mots dont je rêvais.

– Je te parle sans répit, au bureau, dans la rue, sur le toit.

– Moi aussi.

Ce rendez-vous avait-il un but particulier? Il allait le lui demander, mais de crainte de la brusquer, il se tut. Elle était venue à lui et elle courait des risques énormes. Lui? Rien ne pouvait lui arriver. Déshonorer une fille? Pour lui, ce serait une preuve de virilité. Sasson lui donnerait une tape dans le dos: «Sacré Salim.» Un héros, un conquérant. Et elle? Une prostituée. Elle se donne à un homme. Elle se dévoile, elle se met nue. Elle avançait sur un chemin de feu. Elle hypothéquait son destin. Sa vie ne sera plus jamais la même. Il n'en était que plus amoureux. Jamais il ne l'abandonnerait. La chute l'attendait mais il serait là. Il écartait le sentiment de pitié, de compassion envers la femme fautive. Il sera l'homme. Il ne trahira jamais son rôle, sa qualité d'homme.

– Il faut que je parte.

– Pourquoi?

– Ils vont se poser des questions.

– Ne m'accompagne pas, Salim. Toi, on te reconnaît.

Il fit demi-tour, et au rond-point, s'offrit au plein soleil. Il plongeait dans un four, un incendie. Il voulait se consumer, se liquéfier. Il aimait Farida et Farida l'aimait. Il était l'homme le plus riche, le plus puissant du monde.

La sueur couvrait son corps. Il avait soif. À Bab el Charqui, il acheta un «siphone» qu'il but à l'ombre, au parc Ghazi. Le vent d'après-midi lui brûlait le visage.

Il reprit, un à un, tous les mots de Farida. «Ne m'accompagne pas.» Sa voix était douce et résolue. Elle pensait à tout. Il ne savait pas s'il devait l'admirer ou partager sa frayeur.

*

*   *

Sasson décida de démissionner à la fin de l'été. Il ne se fixa pas de date.

– Nous sommes bien établis.

Ils n'avaient plus besoin des renseignements que pourrait leur fournir la banque. Et son salaire semblait ridicule en comparaison de leurs dépôts bancaires. C'est lui qui pensa à faire légaliser leur entreprise, à faire dresser les actes juridiques. Ils meublèrent leur nouveau bureau du khan el Khadhairi, des pièces claires, sans se soucier du coût.

Sasson trouvait tous les prétextes pour passer chez Salim. Najiah et sa mère avaient sans doute des pressentiments, car elles étaient toujours là, pour lui offrir à boire et le prier d'entrer. Najiah, pomponnée rapidement, se mettait à la hâte du rouge sur les joues. Salim la trouvait belle. Sa mère ne faisait plus de mystère de ses espoirs. Sasson allait demander la main de sa fille. Les enquêtes étaient concluantes. La famille de Sasson, bien que modeste, était honorable. Ni malades chroniques, ni prostituées. Comme la famille Abdullah était d'un milieu supérieur, Sasson ferait des concessions. Il n'exigerait pas de dot. D'autant plus que Najiah était assez belle pour en justifier l'absence. Tout au plus, un trousseau. Et là encore, il se limiterait aux vêtements. Ni meubles, ni argenterie. S'il tardait à faire sa demande, la famille Abdullah ferait intervenir un émissaire. Le père, perdu dans ses prières, ne serait d'aucun secours, et Salim, en tant qu'associé, ne pouvait en parler à son partenaire.

Sasson guettait l'offre la plus alléchante pour se lancer. Bientôt, ils ne seraient plus de simples agents qui se contentent de commissions. Ils deviendraient importateurs et empocheraient et commissions et bénéfices.

Sasson taisait ses visites chez les Abdullah à Nadia. Toutefois, Salim savait qu'il la voyait deux ou trois fois par semaine. Il fallait qu'il se calme, qu'il espace ses rencontres, s'il voulait épouser Najiah. Pas question de lui faire la morale, mais Najiah était sa sœur, et il ne pouvait pas jouer à l'innocent.

Le matin, Farida chantait des messages codés. Elle choisissait les airs populaires que mettaient en vedette Abdul-Wahab, Asmahan, mais elle changeait les mots. Ainsi, comprit-il qu'un des enfants gardait le lit et qu'elle ne pouvait pas quitter la maison. Ils s'échangeaient des messages par-dessus le mur. Toujours la même écriture d'écolière. «Mon amour, je t'aime. Je pense à toi.» Trop nombreux pour les mettre tous dans son portefeuille, Salim en cacha une dizaine entre les pages d'un recueil de poésie. Et si Najiah s'amusait à mettre son nez là-dedans? Salim en prit son parti. Si jamais son secret émergeait au grand jour, il annoncerait son intention de demander la main de Farida. On ne pouvait pas la lui refuser.

«Demain à trois heures, parc Ghazi. Farida.» Elle prenait des risques. Le faisait-elle à dessein?

Il la reconnut à ses souliers.

– Je ne peux pas rester longtemps, dit-elle. Et le parc El Saadoun est trop loin.

– Je veux te voir. Sans voile. Je veux te parler.

– Moi aussi.

– J'ai pensé que je pourrais réserver une loge au cinéma, l'après-midi. Le cinéma al Zawraa est au Sinak.

– Mieux vaut le cinéma Al Hamraa. Là il n'y a que des musulmans.

Dans une loge, personne ne les verrait... mais il ne voulait pas discuter.

– Demain?

– Impossible. Je te dirai.

– Tu n'as pas beaucoup de temps.

– J'ai hâte de quitter cette famille. Ils prétendent m'avoir sauvé la vie. J'étais heureuse à Hilla. Nous sommes pauvres mais nous nous aimions. Ma mère ne faisait aucune distinction entre les filles et les garçons. Même nourriture et mêmes portions. Et mon pauvre père, avec son salaire de comptable... ma tante méprise son frère et ne jure que par son mari. Un idiot et un ignorant. Un voleur par-dessus le marché. Il manipule la balance. Avec les clients, toujours souriant. Il les trompe et les embobine avec de petits cadeaux. Des bonbons pour l'enfant. Un fruit sec pour le bon client.

– Et toi?

– Moi? Une bonne, qu'ils ne paient pas. Inutile de parler d'école. Ma tante m'apprend la couture et la cuisine, me prépare pour le mariage. Le mariage. Avec quelle dot? Avec qui?

– Avec moi, dit Salim avec effusion.

Elle se tut. Elle pleurait.

– Farida, je t'aime. Je n'ai pas besoin de dot et d'ailleurs, tu es la plus belle femme au monde. Qui ose parler de dot?

Des enfants couraient autour d'eux. Des musulmans, pieds nus et jambes couvertes de boue. Ils frôlaient le jet d'eau et couraient ensuite au soleil.

Les roses embaumaient. Le jasmin était passé fleur.

– Et que dira ta famille?

– Tu seras ma femme. C'est moi qui décide.

– Nous ne vivons pas dans un film, Salim.

– C'est toi qui ne veux pas.

Il allait se fâcher. Son refus le blessait.

– Si tu savais, Salim comme je pense à toi! Je t'ai donné ma vie. Pour toujours.

Les larmes gonflaient ses paupières. Qu'allait-elle penser? Un homme qui pleure! Il résista. Si seulement il pouvait la voir. Une masse noire au soleil. Une ombre et c'était toute sa vie.

*

*   *

– Tu ne penses plus à moi, dit Nouriah en déboutonnant impudemment sa chemise.

– Je suis là.

Au lit, il la prenait avec acharnement. Une revanche, imprécise. Il écartait l'image de Farida et pourtant, en pressant Nouriah contre lui, il cherchait à la fois à célébrer Farida et à l'éloigner de sa pensée. Il lui était fidèle. Elle était sa vie et ses débordements en étaient la preuve, même si c'était Nouriah qu'il tenait dans ses bras.

– Nadia m'a dit que vous allez louer une maison, Sasson et toi, à Karradah.

Il n'en savait rien mais dissimula sa surprise.

– Ce n'est pas encore fait.

– Tu n'as rien à craindre avec moi, Salim. Tu sais, je ne suis pas ce que tu peux imaginer. Tu es le seul...

Elle était encore nue à ses côtés, ruisselante de sueur. Appuyé sur son coude, il léchait son ventre, ses seins. Elle riait comme une enfant.

– Tu me chatouilles.

Elle l'entoura de ses bras.

– Nadia a même visité la maison. Et toi, tu me caches...

L'enfant enjouée se transforma subitement en femme qui demande, exige...

– Promets-moi que tu m'y emmèneras.

Il l'embrassait, la mordillait pour la faire taire.

– Je n'aime pas venir ici. On croira que je suis une fille à vendre... J'ai beau dire que tu es le seul...

Était-ce une ruse? Autrement, quel poids. Il ne voulait pas d'autre femme. Nouriah, c'était une manière de célébrer Farida. En attendant. Tout était confus, car Nouriah était là, sans voile, réelle. Cependant elle n'était pas moins invisible que la femme couverte de noir qui laissait percer ses yeux.

Elle était maintenant masquée, à son tour, toute de voile noir. Un fantôme dans la nuit, une ombre indéfinissable. Il glissa deux dinars dans sa main. Elle posa ses lèvres sur sa bouche comme un signe de pardon.

Il se sentit sale. Jamais Farida... Son désir pour elle était suspendu dans le vide, la seule réalité.

L'été tirait à sa fin. Le soir, une brise fraîche faisait oublier l'ardeur du soleil. Les nuages apparus se dissipaient rapidement. La première pluie pourrait surprendre les dormeurs sur les toits.

Comment aborder Sasson? Salim était furieux d'avoir été tenu à l'écart au sujet de la maison louée, mais il prévoyait la réponse de son partenaire: «Je l'ai louée pour moi. Je n'avais pas à te consulter.» Mais n'étaient-ils pas des associés en tout? Bien que Sasson ignorât l'existence de Farida...

Le lendemain, Sasson, d'un ton neutre, et avec un demi-sourire annonça:

– J'ai loué une maison à Karradah.

– Ah! fit Salim, d'un ton innocent. Pourquoi? Pour Nadia?

Sasson ignora le mélange d'hostilité, de déception et d'ironie du ton.

– Tu peux utiliser la maison, si tu veux.

– Quand? dit Salim, radouci.

– Quand tu voudras...

– Pas quand Nadia...

– Pourquoi pas? Nouriah est son amie. Ce serait même agréable d'être là tous les quatre.

– Et tu l'a déjà meublée, cette maison?

– À peine. Deux grands lits. Des chaises, des tables, les casseroles. J'ai laissé cela à Nadia.

Elle prend de la place, celle-là, se dit Salim en pensant à sa sœur, mais cela n'a rien à voir, conclut-il sans conviction.

– On partagera le loyer.

– Si tu veux.

– Il faudrait qu'on se partage la semaine, dit Salim. Je ne veux pas m'imposer si tu veux être seul avec Nadia.

– Nous avons l'habitude de nous entendre Salim, dit Sasson, conciliant. Nous n'avons pas besoin d'établir des règles par écrit. Si tu veux la maison seul pour un jour, deux jours, tu n'auras qu'à me prévenir.

Un jour de septembre, ils inaugurèrent leur vie de célibataires fortunés et dissolus. La chaleur faiblissait mais ne lâchait pas prise.

Le chauffeur du petit autobus racolait les clients. «Ulwiyah, Karradah, Masbah» annonçait-il. Il lui fallait au moins six ou sept passagers pour que le voyage fût rentable.

– Quand partons-nous? s'impatientait Sasson.

– Tout de suite, disait le chauffeur, imperturbable, poursuivant son appel. Karradah, Ulwiyah, Masbah.

Ils quittèrent enfin Bab el Charqui en route pour Ulwiyah.

Le dernier arrêt de Karradah. Un terrain vague et ce sera le Masbah (la piscine). Ils étaient les deux derniers passagers. Sasson devançait Salim, lui indiquant le chemin. La maison: une cour, trois pièces, une cuisine, une douche. Sasson, en maître des lieux, ouvrait les portes dans l'attente de commentaires. Salim fit, des yeux, le tour d'une chambre. Un lit, un fauteuil en bambou, des chaises, une table. Accrochés au mur, des vêtements de femme, et sur le lit un pantalon, une chemise d'homme. La chambre voisine identique à l'autre. Sasson, à la porte, attendait. Salim, attendri, partagé entre les attentions de son ami et l'irritation d'avoir été tenu à l'écart, hésitait entre la rancœur et la gratitude.

– C'est ta chambre, dit Sasson timidement. Je l'ai meublée comme la mienne. J'étais pressé, Salim. Nadia refusait de me voir. Je ne pouvais pas attendre. Et puis, j'étais très gêné de t'en parler. Surtout à toi. Un jour tu comprendras. Il faut que tu partages cette maison avec moi.

– Mais...

– Pour les frais, je m'en charge.

Il l'entraîna à la salle à manger. D'autres fauteuils de bambou. Une grande table, des carafes, une glacière.

– Je suis très embarrassé, Salim, tu es mon frère, et avoir une vie secrète, une maison pour... tu es le dernier qui devrait être au courant. Un jour, tu comprendras.

Son regard, mi-complice, mi-suppliant, fuyait. Et subitement souriant:

– Tu vas me tuer, Salim. J'ai une surprise pour toi. Nos deux femmes ne tarderont pas. Voilà ma surprise.

D'un seul coup, il lui fit face et Salim s'effondra. Il le serra dans ses bras.

– Tu es mon frère, dit Sasson. Sans toi, il n'y a ni maison ni Nadia.

– Tu aurais dû...

– N'insiste pas, Salim. Un jour tu comprendras, je te jure.

On entendit un bruit à la porte.

– Les voilà, s'exclama Sasson.

Deux ombres, deux corps enveloppés de noir, firent leur apparition. Hésitantes, elles avançaient timidement.

– Mais c'est une grande maison, s'écria Nouriah en suspendant son voile à un crochet.

La surprise passée, Salim fut tout à sa joie. Il ne savait pas combien il était impatient de retrouver Nouriah.

– Tu es content? dit Sasson.

Il lui serra le bras, étouffé par l'émotion. Pourtant il n'aimait pas cette femme. Il ne pouvait avoir pour elle qu'un désir, un élan de remplacement.

Nadia agissait en maîtresse de maison. Elle s'affairait dans la cuisine, donnait des instructions à Nouriah pour mettre le couvert. La familiarité de ses gestes était pour Salim une diversion qui le calma. C'était Najiah faisant les gestes de sa mère, qui régnait. Le désir et l'intimité. Il ne l'aurait jamais cru. Il associait la femme aimée au secret, aux mots allusifs, et la voilà qui essuyait la table, mordait à pleines dent, dans une pastèque. Nouriah s'appliquait à cracher les pépins dans sa main, à les ranger dans un coin de son assiette.

– C'est bien sucré, constata Nadia. Tu sais si bien choisir les pastèques, Sasson.

Puis se tournant vers Nouriah.

– Il sait tout faire, Sasson. C'est un maître, un lion.

Nouriah le regarda, puis posa ses yeux sur Salim. Elle l'appelait au secours. Elle était l'étrangère. C'était lui, l'homme qui allait apprivoiser les lieux pour elle.

– Tu as une belle robe, dit Salim.

– N'est-ce pas? Elle avait tellement peur que le tissu ne te plaise pas. Tu vois? dit Nadia à Nouriah, rougissante. Nous sommes allées ensemble au souk choisir les tissus. Et ma robe, tu l'aimes toujours autant, Sasson?

– Surtout quand elle est suspendue au mur.

Salim en voulait à son ami d'être si vulgaire, si impudique. Il le lui dirait plus tard: mais elles étaient là pour ça, pour retirer leurs robes... Et lui, que faisait-il là quand Farida...

Nouriah faisait la vaisselle. Sasson entraîna Nadia dans la chambre et ferma la porte. Salim entendait leurs rires égrillards auxquels succéda bientôt le silence. Entre l'impatience et le dégoût, Salim jetait des regards obliques à Nouriah. Elle essuyait la table, pliait les serviettes, s'occupait. Elle leva les bras pour ranger les assiettes dans un placard et Salim fut saisi de désir. Il plaqua son corps sur son dos. Elle se retourna, l'enlaça et se mit à le bécoter. Petits baisers sur le front, le cou, le nez. Il se laissait faire. Il attendrait pour voir... Nouriah leva sur lui des yeux suppliants. «Elle n'est pas là pour l'argent» se dit-il et il se demanda s'il n'aurait pas préféré qu'il en fût autrement. C'est elle qui se dégagea, alla vers une chaise. Il eût été indélicat qu'il la repousse, ne joue pas son rôle d'homme. Qu'eût dit Sasson? Comment expliquer Farida à lui qui allait bientôt demander la main de sa sœur?

Dans la chambre, il déshabilla fiévreusement Nouriah sans la regarder, s'acharna sur son corps. Elle se pressait contre lui, murmurant à voix si basse qu'il ne pouvait distinguer qu'un mot: «Mon amour, mon amour.» Il s'écarta d'elle. Elle chercha le drap pour se couvrir. Il l'en empêcha et elle posa sa main sur ses yeux. Elle souriait, heureuse, satisfaite. Et c'était lui, la source de son bonheur. Pris de gratitude, d'affection pour ce témoin d'un bonheur dont il était la cause, il caressait son ventre, ses cuisses, pressait son visage sur ses seins. L'odeur de sueur l'enivrait et il se remit sur elle de tout son poids, à l'écraser. Elle ne protestait pas, consentante, puis dès qu'il relâchait son étreinte, son corps s'offrait, l'appelait. «Nouriah, Nouriah», répétait-il. Plus tard, l'ombre de Farida, lancinante, traversa son esprit. Il repoussa cette intrusion et de nouveau caressait de sa langue les seins de Noriah, leurs sueurs mêlées.

Il faisait noir. On n'entendait que des aboiements de chiens au loin. Et les chuchotement de Sasson et les petits rires de Nadia.

– Il faut rentrer, soupira-t-elle.

– La prochaine fois, tu resteras toute la nuit.

– Ah! oui. Toute la nuit.

Son empressement le flattait et l'embarrassait.

– Je ne t'oublierai jamais, dit-elle.

– Moi non plus.

Dans une semaine, il prétextera un voyage à Basrah ou à Kirkuk et il sera tout seul avec Nouriah et toute la nuit ils seront nus et leurs corps se chercheront et leurs sueurs se mêleront et elle répétera «Mon amour, mon amour», et elle dira: «Je ne t'oublierai jamais» et lui, pour ne pas la décevoir, dira: « Moi non plus» sans conviction, à regret, car sa vie était ailleurs, il l'avait offerte, confiée à une femme, la seule, l'unique...

Il était dix heures du soir quand les deux femmes, habillées, s'apprêtèrent à revêtir leurs voiles.

– La prochaine fois, dit Sasson, nous passerons la nuit. Nous commencerons avec un dîner, comme dans les films...

Nouriah leva les yeux vers Salim, mais celui-ci refusa toute confirmation.

Au loin, la ville dormait, se soumettant à leur volonté. À deux coins de rues, un autobus vide. Dès qu'il les entendit, le chauffeur se mit à crier: «Bab el Charqui...»

– Je te paie cinq passages si tu pars tout de suite, dit Sasson.

Pendant le trajet, le silence régnait. Ils franchissaient la nuit noire. À Bustan el Khass, des cafés avec des clients ici et là annonçaient la ville. À Bab el Charqui, les deux couples se séparèrent.

À Sinak, Nouriah chuchota:

– Tu peux me laisser ici. J'habite la troisième maison.

«Et en plus, se dit Salim, elle travaille chez des juifs. Elle a dû leur dire que sa tante était mourante... La prochaine fois, c'est son oncle qui sera à l'article de la mort...» Il avait envie de la serrer contre lui pour la remercier de ses mensonges.

– Je m'arrangerai pour passer la nuit avec toi, dit-elle, d'une voix étouffée.

– Je te ferai signe.

*

* *

C'était la fin de l'été. Le matin, à l'air frais, Salim restait au lit. Le soleil gagnait petit à petit le toit et il ne le fuyait pas. Jamais Farida ne chantait avec autant de cœur. Il savait que les mots lui étaient destinés. Ils s'échangeaient des petits bouts de papier et il repoussait le moment du rendez-vous. Bien que son plan fût établi, il en reculait l'exécution, comme s'il craignait de briser un lien, de mettre fin à la quiétude, à la certitude de l'amour. Il finit cependant par inscrire le plan sur son billet quotidien. Farida indiquerait l'après-midi où elle pourrait se libérer.

Quand il lut, de son écriture d'enfant: «Mon chéri. Demain. Ton amoureuse.», sa main tremblait. Au bureau il n'arrivait pas à lire les lettres, commandait café sur café.

Il était arrivé une demi-heure en avance. Le cinéma grouillait de monde. Il était venu la veille réserver une loge pour le lendemain en matinée. Il avait choisi le cinéma Al Hamraa parce qu'on n'y présentait que des films égyptiens et en matinée la semaine, il n'y aurait que des musulmans. On ne le reconnaîtrait pas. Et même si...

Installé dans l'entrée, il scrutait les chaussures des femmes voilées. Reconnaîtrait-il Farida? Les femmes arrivaient à deux, à trois. Elles payaient de jeunes garçons pour éviter la bataille des billets au guichet. Salim vérifia, dans sa poche, la présence de son billet. Fatigué, il avait soif. À la loge, il achètera deux bouteilles de soda. Une femme seule passa devant le cinéma, sans s'arrêter. «C'est elle». Il sortit. La voilà qui revenait. Il ne pouvait pas l'aborder car s'il se trompait, il risquerait gros, de la part du mari ou du frère de la dame. Ce n'était point le moment. «Salim», chuchota-t-elle. Sans mot dire, elle le suivit. Il présenta son billet. La loge était à eux. Quatre sièges. Il avait loué toute la loge. Dans la loge voisine, il aperçut une tête coiffée d'un akal. Un chef de tribu. Une femme voilée était à l'arrière. L'homme lui parlait. Il jurait, impatient. Tout le monde attendait l'obscurité. Salim scrutait du regard les fauteuils de la deuxième classe tous occupés dans l'orchestre. Des hommes. Et surtout des jeunes garçons. Ils crachaient les pépins de pastèque, achetaient des sodas et des siphons, criaient à tue-tête. Farida chercha le coin de la loge où elle ne risquait pas d'être vue. Et pourtant, qui reconnaîtrait cette ombre noire?

– J'ai dit que j'allais chez le dentiste, dit-elle en empruntant le dialecte musulman, par précaution.

– Tu as mal aux dents?

– Un peu. J'irai demain chez le dentiste.

Coupable et fortuné: une femme risquait son honneur pour lui, bravait le mal de dents.

Enfin, le noir. Salim ne s'approcha pas immédiatement de Farida. Toute sa vie, il avait attendu cet instant. Les voilà seuls et il n'osait pas, il hésitait. De quoi avait-il peur? Il entendit son voisin. Il ne se gênait pas, le Bédouin:

– Salim.

Il rapprocha sa chaise. Ils étaient enfin seuls. Ensemble. Elle retira son voile du visage. Jamais, dans ses rêves les plus fous, il ne l'avait imaginée si belle. Il l'aimait. Il l'aimera toute sa vie. Farida tendait la main. Il la saisit, la pétrit puis, tête penchée, embrassa sa paume, mordilla ses doigts. Cette main, il ne la lâcherait plus. Elle prit la sienne, la posa sur ses lèvres. À l'écran, un père obligeait sa fille à épouser un vieil homme riche. Pleurs, lamentations. Sa mère la raisonnait.

Leurs têtes se rapprochèrent. Elle l'embrassait, telle une enfant. Ses lèvres avaient un parfum de fruit, raisin, pastèque.

– Je t'embrasserai toute ma vie, toujours, dit-il.

– Moi aussi, souffla-t-elle. Enhardie, sa langue se frayait un chemin dans sa bouche. De tout son corps, elle cherchait à rejoindre le sien, à s'abandonner. L'écran était là avec ses lueurs indiscrètes. Les voisins immédiats ne pouvaient les voir qu'en s'avançant vers eux. Mais de l'autre côté du cinéma, les loges leur faisaient face. Les occupants regardent l'écran, se dit Salim. Il se souleva légèrement, tourna le dos à l'écran et se pressa contre Farida. Il la protégeait des yeux hostiles, la retenait pour lui, pour toujours. Il couvrit craintivement un sein de sa paume, Farida eut un sursaut, un recul, puis il sentit sa main qui remontait sa cuisse puis s'arrêtait brusquement. Leurs bouches ne s'écartaient que pour reprendre souffle, leur souffle commun. Il avait perdu toute crainte. Que tous viennent témoigner de leurs noces, de leur union éternelle, de leur échange de souffle. Farida était secouée de soubresauts. Elle tremblait de plus en plus, écrasait sa bouche sur la sienne pour contenir ses cris. Et ce fut son tour de chercher à taire le cri. La lumière les fit sursauter. Précipitamment, Farida se recouvrit de son voile et Salim n'arrivait pas à cacher la tache sur son pantalon. Muets, ils s'évitaient comme si les spectateurs n'étaient là que pour se moquer, les condamner. Ah! que ne dirait-il pas à Farida s'ils étaient seuls. Elle lui tendait un mouchoir. Rougissant, il le prit. Jamais il ne le lui rendrait. Il attendrait l'obscurité propice pour essuyer la tache.

Ils étaient à nouveau dans le noir. Farida lui enleva le mouchoir des mains pour essuyer le pantalon. Soudain, elle arrêta son geste pour palper son désir.

Elle riait, joyeuse, et lui, heureux ne savait comment dire son amour, sa victoire.

– Je t'aime, Farida.

– Dis-le encore.

Puis se redressant sur son siège, sa main sur lui, elle dit:

– Maintenant, regardons le film.

Il la devina légèrement moqueuse. C'était sa manière de partager son bonheur, de dire sa joie et son amour.

*

* *

À la une de *Al Bilad*: On recherche Salim Abdullah. Le lendemain, *Al Zaman* annonçait: Salim Abdullah se présente à la police. Ce même jour, la manchette d'*Al Istiklal* se lisait ainsi: Salim Abdullah est arrêté. Le fait était rapporté, sans détail, d'une manière laconique. L'assassin pris en flagrant délit, affirmait que Salim Abdullah l'avait payé pour tuer Sasson Karkoukli. Pour la somme de vingt-cinq dinars précisait-il. Pourquoi Salim Abdullah voulait-il la mort de son beau-frère? Le tueur l'ignorait. Pour les journaux, cela offrait peu d'intérêt. Une histoire entre juifs, par musulmans interposés, serait vite ramenée à un banal fait divers. Ce ne serait pas la première fois qu'un homme sans ennemi aurait été assassiné.

Salim Abdullah protesta de son innocence. La nouvelle était reléguée en troisième page d'*Al Bilad*. Les membres de la communauté poussèrent un soupir de soulagement. Les juifs ne faisaient plus la manchette. Et l'assassinat n'était qu'un fait divers. Dans les cafés, on pesait, on soupesait les circonstances, les motifs, et les conjectures allaient bon train. Il y aurait un troisième homme. En concurrence pour le contrat des abattoirs. Et ce troisième homme, un juif, proche du Hakham Bachi, se doublait d'un associé musulman. Mais en quoi l'assassinat de Sasson pouvait-il le favoriser? D'autres affirmaient qu'Ismaïl Hassan avait agi pour son propre compte, de son propre chef et que pour sauver sa tête, il avait prétexté tout un complot. Était-il assez futé pour inventer cette fable? Abraham Karkoukli, le frère de Sasson, était le maître d'œuvre de toute l'histoire. Comme il en voulait à Salim, il l'écartait pour devenir le seul détenteur du contrat, le maître. À peine débarquait-il de sa campagne, ce petit comptable besogneux s'appropriait la fortune des deux amis inséparables. Justement, pourquoi Salim voudrait-il la mort de son meilleur ami, son associé, son beau-frère? Ah! chuchotaient les plus renseignés, ceux qui perçaient les secrets les mieux gardés. Une histoire de femme. Oui, derrière tout cela, une femme mystérieuse dont on connaissait l'identité mais dont personne n'osait prononcer le nom. On avançait d'autres explications, d'autres menées. Mais revenait souvent le nom d'Abraham. Jaloux, envieux et surtout avide. Dire que cela se passait entre juifs, comme s'ils recouraient aux pratiques des Bédouins.

Coïncidence? Effet bénéfique? On ne parlait plus des menaces que couraient les juifs. Les vieilles habitudes avaient refait surface. Les enfants juifs qui s'aventuraient seuls, dans les rues éloignées, étaient battus par les enfants musulmans, chrétiens ou arméniens. Les moqueries, les insultes, monnaie courante dans la vie quotidienne, reprenaient leur caractère de bonhomie, sinon de complicité. Le mot juif n'était plus le mot d'ordre d'une offensive.

Salim Abdullah proclamait son innocence. Mais la grande presse reléguait la nouvelle en dernière page. On ne faisait même pas précéder son nom du qualificatif de juif. La communauté retrouvait lentement un calme relatif, et l'assassinat son caractère purement individuel.

De jeunes officiers, adeptes du nazisme, vociféraient dans les quotidiens. Un ancien ministre, invité du gouvernement de Berlin, affirmait son admiration pour le nouveau régime et s'honorait d'avoir serré la main du Führer. Il n'était pas question des juifs. Mieux valait encaisser sans bruit, que provoquer les malveillants et irriter les amis. Après tout, l'ennemi c'était l'Anglais. L'occupant, le maître, le colonisateur. Juifs et musulmans le reconnaissaient dans une volonté de lutte à l'unisson pour l'indépendance.

Au bout de quelques semaines, la presse se désintéressa de l'affaire Salim-Sasson et la communauté n'en parlait plus qu'incidemment. Restaient les familles directement touchées.

La mère de Salim n'avait pas eu le loisir de prendre parti. Najiah, enceinte, fut confinée par la famille Karkoukli à la maison, voire à sa chambre. On la protégeait, et on protégeait l'héritage du défunt. Par le fait de sa grossesse, elle n'appartenait plus à la famille Abdullah, elle ne s'appartenait plus à elle-même. Nul choix et pas de force à protester, Abraham l'avait prise en charge. Docile comme une petite fille, une servante, elle lui obéissait, sans hésitation. Le sort de son frère lui importait peu. Était-il l'assassin de son mari comme on le prétendait autour d'elle, elle ne se le demandait même pas. Veuve, porteuse d'un orphelin, sa famille, c'était celle de son enfant, les Karkoukli. À qui d'autre pourrait-elle confier son malheur? À son père qui ne saurait lui offrir qu'une prière, une récitation de psaumes? À un frère encore étudiant, à une mère qui n'avait eu qu'une hâte, se débarrasser d'elle? Pour Abraham

Karkoukli, Najiah, veuve, mère d'un enfant sans père, était la preuve vivante de la culpabilité de Salim.

Selman Abdullah, le père, redoublait de zèle. Levé à l'aube pour réciter les selikhot, avant même de mettre les teffilin, pour la prière du matin, la maison l'entendait chantonner les psaumes, quand il ne récitait pas prières et louanges. La mère, Khatoun, n'était pas qu'Oum Naji, nom dont l'honoraient voisins et amis, elle était aussi la mère de Najiah et de Salim. Celui-ci devenu riche, artisan du beau mariage de sa sœur, n'était plus le cadet de son aîné Naji, mais le véritable soutien et, désormais, l'honneur des Abdullah. Il avait loué une maison pour la famille dans le nouveau quartier de Battawiyeen, et prodiguait argent et cadeaux à tous, y compris Naji qui ne le regardait plus de haut. D'abord incrédule, puis envieux et jaloux, il avait fini par passer de la reconnaissance envers ce frère généreux, sans calcul, à l'admiration naïve. Il chantait ses louanges à tout venant, et ne souffrait pas qu'on mît en doute son omnipotence et ses vertus.

Quand la catastrophe s'abattit, la famille, consternée, n'eut qu'un recours: l'accusé en personne. Salim, le magicien, verrait à tout expliquer, à tout arranger. Mais jamais sa mère ne l'avait vu aussi fragile, désemparé.

– Est-ce vrai? lui avait-elle crié comme s'il était redevenu un petit garçon.

– Non. Je n'ai pas tué. Je ne suis pas un assassin.

– Es-tu innocent? demanda un Naji enhardi.

– Que veux-tu dire? tergiversa Salim.

– As-tu payé Ismaïl Hassan?

– Veux-tu dire que tu crois ce dévoyé, ce pauvre bougre?

Passé au bureau dans la nuit, il avait raflé argent et documents qu'il transporta à Karradah, en attendant l'aube pour se rendre chez Farida à sa maison de Sulaykh. En son absence, chez lui, un policier laissa une convocation. Et le lendemain il se présentait comme témoin au bureau de police.

– Je reviendrai pour le déjeuner, avait-il dit à sa mère.

À qui parler? Qui consulter? Devait-elle se rendre chez Najiah? C'était sa fille. Et Sasson, son gendre. Elle mit son voile et se rendit à Bab el Charqui à pied. La femme d'Abraham ouvrit, puis lui ferma la porte au nez.

– Que viens-tu faire ici? avait-elle crié. Va retrouver ton fils l'assassin.

À midi, Salim revint à la maison accompagné d'un policier.

– On m'arrête, dit-il d'une voix tremblante.

À la volée, il entassa dans un sac chemises, sous-vêtements, draps et serviettes. Son père murmurait des psaumes et sa mère pleurait. Il attira Naji dans un coin, lui glissa une enveloppe dans la main à l'insu du policier. À la porte, les voisins faisaient cercle, observaient, muets, le malheur et la honte d'une famille après avoir été les témoins de sa fulgurante ascension. Salim, son sac sur l'épaule, sortit cherchant à arborer un sourire confiant que démentait un regard égaré.

Quand Naji se présenta à Sulaykh, à l'adresse indiquée, il croyait à quelque tractation avec un avocat. La maison, entourée de champs, dominait le fleuve. Son jardin embaumait la fleur d'oranger et le jasmin. Un domestique, en costume de gardien vint ouvrir. Naji lui tendit la lettre mais l'homme demeura impassible. Illettré, il attendait des explications.

– Je veux voir l'agha, dit Naji. La méfiance du gardien s'accrut à cette demande, pour lui incompréhensible.

– Salim m'envoie.

Le visage du gardien s'illumina.

– Je suis son frère, dit Naji.

– Je vais prévenir Sutt Farida.

Tous deux traversèrent une allée de palmiers. À travers l'ombrage, Naji sentit la chaleur du soleil d'automne.

– Attends ici, dit le gardien à la porte de la maison. Sur la pelouse, des chaises en osier, des tables, des lampes à huile.

Une femme, porteuse du voile mais le visage découvert, se tenait à la porte.

– Naji, s'écria-t-elle.

– Agha, balbutia celui-ci.

– Je suis Farida, Farida Agha.

Ce n'était donc pas un avocat. La chanteuse. Les photos ne lui rendaient pas justice. Une toute jeune femme. Et l'éclat de la renommée. Confus, Naji tendit la lettre.

Farida, pieds nus, s'éloigna légèrement. Le temps mis à déchiffrer le message sembla interminable.

– Tu vas le voir aujourd'hui? demanda-t-elle.

– Non. Ce n'est pas jour de visite. Demain, jeudi.

– Dis-lui que je ferai ce qu'il demande, qu'il ne s'inquiète pas. J'irai le voir.

Son visage s'illumina subitement.

– Comme tu ressembles à Salim.

Tôt le lendemain, Naji et sa mère se rendirent en calèche à la maison d'arrêt. Pas d'autobus pour eux, leur honte ne serait pas publique.

Khatoun, voilée des pieds à la tête, ne passait pas inaperçue. La plupart des femmes portaient le voile de coton bleu, de la campagne, des pauvres. Le voile noir, satiné, de Khatoun la désignait comme une nantie. D'autant plus que Naji portait, lui, un pantalon, ce qui dénonçait sinon leur origine du moins leur classe sociale. La foule, bruyante, attendait l'ouverture. Des femmes. Ici et là un enfant, un homme coiffé du yachmagh. Des cris et des rires. Khatoun n'avait plus peur. Je n'ai pas besoin de Naji, se dit-elle, le sentant inquiet, malhabile. Il était trop voyant avec son pantalon et sa tête de juif. La prochaine fois, elle porterait un vieux voile et viendrait seule.

La porte s'ouvrit et la foule s'engouffra dans une longue allée. Derrière les barreaux, des hommes alignés appelaient, gesticulaient. Derrière eux, des policiers, baïonnettes au clair riaient, hurlaient des ordres.

Khatoun cherchait Salim. Les hommes, entassés, se ressemblaient tous. «Naji, Naji», entendit-elle. Salim ne détonnait pas dans cette foule. «Il est si brun», pensa-t-elle «ses cheveux sont si noirs». Un vrai musulman! Elle se frayait un passage, son paquet sous le bras.

– Salim, quel malheur, s'écria-t-elle quand elle l'eut atteint.

– Ah! mon fils, que nous arrive-t-il!

Elle lui tendit le paquet, des galettes de dattes, du pain au fromage, des oranges. Naji s'approcha, s'agrippa aux barreaux.

– As-tu remis la lettre? demanda Salim.

– Oui. Elle dit, ne t'inquiète pas. Elle viendra te voir.

– Quand?

– Elle ne m'a pas dit.

– Elle était seule?

– Avec le gardien.

– Tu es entré dans la maison?

– Je suis resté près de la porte.

– Et comment était-elle?

– Bien.

Naji, embarrassé, n'allait tout de même pas avouer qu'il la trouvait belle, mais que l'émotion le rendait muet.

– Et elle t'a dit qu'elle allait venir?

– Oui.

– Arrives-tu à dormir? À manger avec ces...

Salim savait que sous le voile de Khatoun, les larmes sillonnaient ses joues. Il se sentit destitué, abandonné, seul.

– Cela va s'arranger, dit-il d'une voix forte bien que mal assurée.

Il n'arrivait pas à s'en convaincre car sa mère lui faisait sentir sa misère.

– Et comment va mon père?

– Il prie, dit Khatoun, partagée entre la colère et la commisération.

Dans un mois, Naji passera ses examens. Il pourra gagner sa vie. Instituteur dans les écoles du gouvernement. Salim n'avait plus pitié de lui, comme auparavant. Libre, il avait la vie devant lui. Tandis que lui, Salim... Il avait Farida. Elle sera là et tout s'arrangera. À eux deux...

Il allait s'enquérir de Najiah. Il se tut. Ils ne la reverront plus jamais, la pauvre. Abraham ne la lâchera plus. Il fera tout pour le perdre. Il lui en a toujours voulu d'être l'allié de son frère, qui le traitait en subalterne. Et pourtant, c'était lui l'aîné.

– La prochaine fois, tu apporteras des cigarettes, dit-il à Naji.

– Fume, mon fils, dit sa mère. Cela te soulagera.

– C'est pour offrir, se contenta-t-il de répondre.

Il avait hâte qu'ils partent. Ils n'étaient d'aucun secours. Sans lui, ils étaient démunis, la preuve vivante de son malheur. Il était tombé si bas et de si haut. Il fallait qu'il survive parmi cette racaille, qu'il achète la bienveillance des policiers. Et surtout, ne pas passer trop vite pour un juif riche. Ils ne le lâcheraient plus. Pour tout cadeau, il donnerait des cigarettes. Il n'avait plus rien à leur dire. Depuis ses succès, sa mère l'entourait, lui servait les meilleurs morceaux. Elle retrouvait enfin son préféré, Naji. Qu'ils s'en aillent. Ils ne l'avaient jamais aimé. Peut-être, Najiah... Elle n'aurait jamais osé le lui montrer. Il était tombé si bas. Il se redressa. Il n'allait pas s'apitoyer sur son sort. Il ne resterait pas là. Il en avait la certitude.

*

*   *

Quelque temps auparavant, un samedi matin, à la sortie de la synagogue, un homme avait accosté Selman Abdullah.

– Abou Naji.

Celui-ci, qui murmurait des louanges ou un psaume, regarda l'homme sans répondre.

– Abou Naji, je suis Abraham Karkoukli.

Le regard de Selman demeurait indifférent.

– Mon frère Sasson est l'ami de votre fils Salim.

– Ah! oui. Un bon garçon, que Dieu le garde.

– Justement, c'est à son sujet que je voulais vous parler.

C'était l'automne. La chaleur avait lâché prise. Les deux hommes avançaient lentement. Abraham ne pouvait pas proposer, un samedi, de s'arrêter à un café. Et la maison était à deux pas de la synagogue.

– Sasson est un merveilleux garçon. Je ne dis pas ça parce que je suis son frère. Salim vous le confirmera. Il ne boit pas, ne joue pas. Il va droit son chemin. Il rentre tous les soirs à la maison.

Debout devant sa porte, Selman attendait la suite. Il ne songeait pas à inviter son interlocuteur à entrer.

– Il est seul. Et ce n'est pas bien. À son âge, j'étais déjà marié depuis des années.

– Que Dieu lui vienne en aide.

– Il est venu plusieurs fois chez vous, balbutia Abraham, visiblement embarrassé. Votre fille, Najiah, que Dieu la garde, lui a servi une orangeade. Elle est l'honneur de la famille et la joie de la maison. Mais Dieu veut que les filles quittent tôt ou tard leurs parents. C'est la loi. Personne n'y échappe, et nous n'avons qu'à nous y soumettre. Je sais que votre fille est jeune, que Dieu lui prête vie. Mais elle atteint l'âge où elle peut quitter son père et sa mère. Alors, je parle uniquement en mon nom, en frère qui aime son frère, qui connaît son caractère, qui veut son bien mais aussi un peu en ami de Salim. Je travaille maintenant avec les deux associés, aussi liés que deux frères, et je me dis que Sasson peut rendre Najiah, votre fille, la plus heureuse des femmes. Il peut lui offrir tout ce dont elle rêve et surtout une vie auprès d'un homme d'honneur.

Le visage de Selman s'illumina. Il comprenait mais se demandait en quoi cela pouvait le concerner.

– Vous êtes le père de Najiah, un homme que tout le monde respecte. Jeunes et vieux vous baisent la main.

– Il faut que j'en parle à Oum Naji.

– Évidemment. Si vous n'avez pas d'objection, ma femme ira la voir.

Il se passa une semaine avant que Chahla, la femme d'Abraham, frappât à la porte. Khatoun la reçut sans grande effusion. Najiah lui servit une orangeade. Chahla la détailla des yeux. Ses jambes, ses bras, son cou, sa démarche. Elle ne présentait aucune difformité, aucun défaut apparent.

Les deux femmes, laissés seules, attendaient chacune que l'autre commence. Chahla portait une robe rouge, mal coupée, qui accentuait ses bourrelets. Sans maquillage, ses cheveux noirs étaient relevés en chignon. Elle finit par parler de la chaleur, de la brise et des hommes toujours pris par leur travail.

– Abraham, mon mari, aime aller au bureau. Mais comparé à son frère Sasson, c'est un paresseux. Il me dit: Pourquoi veux-tu que Sasson reste à la maison? Il a raison. Il n'a ni femme ni enfant. Il faut le marier, dit Abraham, et alors on ne le reconnaîtra plus. Il n'ira au travail que pour sa femme et ses enfants, pour leur procurer confort et bonheur.

– Que Dieu le garde. Salim et lui sont plus que des frères.

Najiah revenait avec le café.

– Vraiment, je vous dérange, protesta Chahla. Que Dieu veuille que la prochaine fois ce soit au mariage de Najiah.

Celle-ci n'eut aucune réaction, mais quitta aussitôt les deux femmes.

– C'est une véritable maîtresse de maison, dit Chahla. Que Dieu la garde.

– En réalité, c'est une enfant. Et pourtant on la recherche. Son père répond qu'elle n'est pas encore d'âge à se marier.

– Mais les enfants grandissent. Et le moment propice survient; il ne faut pas le laisser passer. On ouvre les yeux, on les ferme et une jeune fille est déjà une femme mûre. Le temps a fui et elle est restée sur place. Oum Naji, tu sais pourquoi je suis ici. Sasson ne doit pas rester seul. Vous le connaissez.

– C'est mon fils. Que Dieu le garde.

Les deux femmes savaient que l'accord était pratiquement conclu. Restaient les modalités, les conditions. La dot, la cérémonie, la date. Sasson avait averti Chahla. Il n'exigeait pas de dot. Ni argent, ni meubles. Il épouserait Najiah avec, pour tout trousseau, la robe qu'elle portait. Et il était prêt à payer la cérémonie.

Les fiançailles furent fixées à la semaine suivante et le mariage, au début de l'hiver, après Soukkoth.

Salim se demandait comment Sasson allait aborder certain sujet. Il n'était plus l'ami, l'associé, l'étranger. Il faisait désormais partie de la même famille, logeait à la même enseigne et aurait à défendre le même honneur et les mêmes intérêts.

Au bureau, Sasson s'efforçait d'être naturel, parlant trop consciemment de lettres à écrire, d'entreprises, d'avenir immédiat. Salim sentait ce que tentait de couvrir cette apparence faussement détendue. Une nouvelle intimité sourdait, intimité redoutée comme la menace de l'inconnu parce que tous deux ne savaient quelle forme lui donner, ni quelle forme elle allait prendre.

– Je n'irai plus à la maison de Karradah, dit Sasson à leur sortie du bureau.

Salim se sentit soulagé, heureux. Il avait envie de prendre Sasson dans ses bras, de le remercier d'avoir agi comme il n'osait même pas rêver qu'il le fît. Il se contenta de le regarder et de sourire.

– Toi, tu peux la garder, poursuivit Sasson. Pour un temps, je paierai ma part du loyer. Tu décideras ensuite.

Comment dire sa joie à Sasson? Comment lui annoncer que lui aussi allait célébrer ses noces, secrètement, à l'abri des regards, mais dans le bonheur de l'amour. Comment lui dire qu'une femme l'aimait, prête à risquer honneur et vie? Il brûlait d'envie de tout révéler. Farida était la plus belle des femmes, la plus grande des artistes, l'amoureuse incomparable. Sasson ne pourrait pas lui donner la réplique. Najiah, c'était autre chose. L'amour?

Peut-être. Dans les formes, sans risques, un amour qui se déclarera petit à petit naturellement, porté par le quotidien, sans que les mots interviennent. Les gestes? Najiah était sa sœur, et il ne pouvait pas l'imaginer la main sur la cuisse d'un homme, l'embrassant à pleines lèvres.

Il aura la maison à lui tout seul. Plus de Nadia. Plus de Nouriah. Ce sera la maison de l'amour, des épousailles tenues secrètes. Jusqu'à l'éclatement. Il affrontera alors sa mère, sa sœur, le monde entier. Farida sera sa femme, elle l'était déjà. Sa famille? Il n'y a ni père ni mère. Il y a un homme et une femme qui s'aiment et qui vivront d'une seule vie. Leurs jours se confondront, et leurs nuits. Un jour il dira à Sasson sa chance et son bonheur. Le moment n'était pas encore venu.

*

*   *

La veille de leur rendez-vous, Salim se rendit à la maison de Karradah. Une femme de ménage veillait à l'entretien toutes les semaines. Pas de glace dans la glacière, mais c'était l'automne et la chaleur, supportable. Il changea les draps, plaça un bouquet de fleurs sur la table. Il s'efforçait de ne pas penser à Farida, allait, venait comme un automate, tantôt agité, tantôt prostré.

Près du lit, une épingle à cheveux de Nouriah. Elle était bien loin, celle-là. Il se l'imagina seule dans la maison vide, et fut saisi d'un mélange de nostalgie et d'affection. Sans désir aucun. Farida était là, mais dans un lieu hors d'atteinte, où leurs corps disparaîtraient, où ils ne seraient lui et elle que mots et regards.

Ils avaient tout l'après-midi. Le prétexte: de nouveau le dentiste dont la salle d'attente était toujours pleine. Premier arrivé, premier servi. À leur dernier rendez-vous au parc Al Saadoun, Salim mentionna la maison, devenue la sienne depuis les fiançailles de Sasson, où ils seraient seuls. L'assentiment instantané de Farida l'avait surpris. Elle bravait tous les obstacles. N'avait-elle aucune crainte pour son honneur? Il loua une calèche non loin de son bureau et cueillit Farida à Bab el Charqui, près de l'horloge. Le silence de Farida et le long trajet permirent à Salim de se calmer.

Farida enleva son voile. Elle portait une robe de coton, à grandes fleurs. Elle lui sembla menue, fragile. Savait-elle ce qu'elle risquait? Il ne l'abandonnera pas. Il consacrera sa vie à son amour. Il la protègera. Elle se pencha pour humer le parfum des fleurs. Il lui servit un verre d'eau. Docile, silencieuse. Une petite fille abandonnée. À sa merci. Debout, embarrassés de leurs corps, ils n'osaient pas se regarder.

Salim imagina une grande fête pour marquer la visite de Farida; un orchestre, un festin où la ville entière serait conviée pour célébrer sa venue, l'événement.

– Ta dent te fait toujours mal? demanda-t-il.

Elle ouvrit la bouche, s'approcha de lui.

– Regarde, c'est celle-là.

Elle prit sa main pour la lui faire toucher et ce fut le déclic. Il l'entraîna dans la chambre où les rideaux étaient déjà tirés. Leurs corps nus se joignirent, se soudèrent. Farida posait sur le visage de Salim un regard déterminé, sans crainte. L'espace d'un moment, Salim se dit qu'il était en train de détruire la vie et l'honneur de la femme qu'il aimait, puis, repoussant cette pensée, il se dit qu'il l'aimait, qu'il l'aimerait toute sa vie, que rien de mal ne pourrait lui arriver. Elle le précédait, bravant la terreur de la suprême transgression, comme si elle voulait avancer sur le chemin de l'inconnu, du danger, sans espoir de retour.

Elle poussa un cri de douleur, strident, long, puis se serrant contre lui, se mit à hoqueter. Salim ne s'aperçut qu'au moment où leurs corps se desserrèrent qu'il était éclaboussé de sang. Il s'appuya sur le coude pour regarder Farida. Dans son regard, il lisait le contentement, la gratitude et l'apaisement. Il tenait sa vie, son honneur entre ses mains. Jamais il ne l'abandonnerait. Le désir le tenailla à nouveau. Il la serra contre lui pour balayer leurs peurs et éloigner les menaces.

Ils restèrent au lit comme s'ils attendaient que l'heure sonnât, proclamant leur naissance. Des enfants, de tous petits enfants qui faisaient leur entrée dans le monde. Subitement adultes, ils saisiraient le monde à pleines mains, à pleine bouche, et ils vivraient de leur vie commune.

– Je t'aime, répétait Salim. Il l'admirait, redoutait l'avenir, et était impatient du lendemain. Farida, le regard droit, déterminé, se contenta de chuchoter:

– Moi aussi.

Les projets s'accumulaient dans sa tête. Il se voyait, un panier de provisions à la main, rentrant le soir aux cris des enfants, les siens, et Farida l'attendait, prise par le quotidien. Puis il la voyait sur le toit d'une maison qu'il achèterait pour elle à Battawiyeen ou à Ulwiyah, qui chantait, qui chantait, et lui qui ne parvenait pas à partir, qui n'avait plus envie d'aller à son bureau. Ils seraient toujours seuls. Sa famille et la sienne n'existaient pas, ou plutôt ne seraient là que pour le décor. Des spectateurs qui applaudiraient, étonnés, un amour conquérant, dévastateur. Farida était la seule femme au monde qui osait dire son amour, qui risquait sa vie et son honneur pour un homme. Ses semblables n'existent qu'au cinéma. Et encore... Il ne connaissait aucune vedette qui pouvait approcher de sa beauté, aucune qui pouvait égaler son timbre de voix, le mouvement de son cou sur l'oreiller, ses gestes.

Il aurait voulu en parler à Sasson, mais celui-ci, tout aux préparatifs du mariage, n'avait en tête qu'acheter, acheter et acquérir. Impossible de lui en vouloir. Quant à Najiah, elle appartenait à un monde archaïque, dépourvu d'âme.

Il dut attendre trois jours avant que Farida ne puisse venir à nouveau à Karradah. Muets, leurs corps se soudèrent dès la porte franchie. Cette fois, il n'y aura pas de sang. Que leurs sueurs confondues.

– Tu fais attention, dit-elle.

Nulle peur dans ses yeux. Décidée, éclatante d'amour.

– Tu es ma femme. Nous sommes le premier couple au monde. Nous sommes les seuls à avoir célébré un vrai mariage, à avoir uni nos vies, à avoir scellé notre amour indestructible, éternel...

Elle s'assombrit.

– Tu ne me crois pas?

– Oui, mon amour. Je te crois. Je suis ta femme. Et quoi qu'il arrive, je serai toujours ta femme, il n'y aura pas d'autre amour dans ma vie.

– Alors, nous allons nous marier, je veux dire vraiment nous marier, pas seulement ici...

Son regard devint lointain, comme si elle regrettait un temps passé, un trésor perdu.

– Je vais annoncer ma décision à ma famille, et j'irai voir la tienne. À Hilla. Tes vrais parents. Je veux les voir, les remercier de t'avoir mise au monde.

Elle éclata de rire:

– Tu sais toujours dire les mots qui me rendent heureuse, Salim.

– Ce ne sont pas des mots...

À nouveau, il la sentit s'éloigner.

– Tu ne me crois pas?

– Oui. Quoi que tu fasses, et quoi qu'il arrive, j'aurai toujours confiance en toi, tu seras le seul homme auquel je ferai confiance.

Il ne comprenait pas son langage. Un peu plus et elle ferait ses adieux.

– Nous allons fixer la date de notre mariage. Dans deux mois? Le temps de trouver une maison, la meubler.

Il chuchota à son oreille.

– Et je n'aurai plus à faire attention. Tu me donneras un fils, puis une fille qui saura chanter comme toi, et danser.

Son visage, grave, quasi fermé, l'effraya.

– Je suis une chanteuse, Salim.

– Je t'écouterai jour et nuit, au lever et au coucher. Pour avoir de l'appétit et pour digérer.

– Je veux chanter, Salim. En public.

Il ne comprenait pas, tombait de haut.

– Mais où? Pas dans un cabaret!

– Dans un cabaret. Nous sommes à Bagdad, et il n'y a pas d'autre endroit.

– Mais, Farida, les chanteuses de cabaret...

– Sont des prostituées. Je le sais.

– Nous allons nous marier, Farida. Pourquoi? Ce n'est pas à cause de...

Ses yeux fixaient le lit.

– Salim, mon seul honneur, c'est toi. Tu seras le seul homme de ma vie.

– Nous allons nous marier, Farida.

– Il faut que je chante. Autrement, je mourrais. Ta femme est une chanteuse et elle proclamera son amour au monde entier.

– Farida, nous ne sommes pas au cinéma. Bagdad n'est pas l'Amérique. Tu sais qui fréquente les cabarets? Il n'y a pas de chanteuse qui peut...

– Je ne suis redevable de mon honneur qu'à toi. À toi seul. Et je sais que tu ne me quitteras jamais, tu ne pourras pas me quitter. Puisque je t'aime. Tu m'as dit que j'étais la plus grande chanteuse au monde. Je te crois. Tu verras, Salim.

– Mais pas dans les cabarets, avec des hommes qui... Tu es ma femme, Farida.

– Je suis ta femme. Pour la vie. Je chanterai mon amour pour toi et nous serons là tous les deux, à célébrer notre amour. Tous les jours, nous célébrerons notre mariage à nouveau.

Elle s'éloignait. Il n'avait de choix que de la suivre. Autrement, elle disparaîtrait dans l'inconnu et il ne la verrait plus.

Le mariage eut lieu dans la nouvelle demeure de Sasson. On y accédait en longeant la rue Abou Nouas, en bordure du fleuve. Une pente tenait lieu d'un tracé de rue à venir. Isolée sur son site, la maison, construite à l'européenne, semblait surgir du sable. Les chambres n'ouvraient pas sur une cour mais s'alignaient à l'intérieur d'une maison tout entière, coiffée d'un toit. Un escalier y menait. C'était à la fin de l'automne, le temps trop frais pour des noces sur le toit. Sasson se chargeait de tous les frais. Najiah se mariait dans les meilleures conditions: pour seul trousseau et pour seule dot, la robe qu'elle portait. La famille Abdullah, c'est-à-dire Khatoun, exigea une cérémonie discrète. Peu d'invités, un petit orchestre, et à minuit, un chanteuse terminerait la soirée. Sasson, affairé, voyait à tout. Salim, sombre, accueillait des invités. Les femmes, celles surtout qui avaient des filles à marier, lui disaient: C'est ton tour maintenant. À toutes, sa réponse sèche, automatique, était la même:

– J'ai un frère aîné, Naji. Il faut que j'attende.

Les mêmes femmes pressaient Khatoun de se mettre à la recherche d'épouses pour Naji et Salim.

– Le monde a changé, disait-elle. Que peut une mère? Les garçons n'en font maintenant qu'à leur tête.

Comment expliquer que Naji terminait ses études et qu'elle ne savait rien de la vie de Salim?

La chanteuse ne disposait que d'un registre limité. Il fallait faire silence pour l'entendre. Salim, d'abord satisfait que la chanteuse n'arrive pas à la cheville de Farida, regardait avec commisération ceux qui applaudissaient. Puis il ressentit dans sa chair l'absence de Farida. C'est elle, leur mariage qu'on aurait dû célébrer. Comment en vouloir à de pauvres innocentes qui lui offraient leur fille? Comment leur crier qu'il n'était pas libre, qu'il était marié à la plus belle femme au monde? Il imaginait leurs sourires condescendants: une chanteuse... Pour s'amuser avant de convoler avec une fille de famille.

Une semaine plus tard, Sasson mentionna pour la première fois la concession du privilège d'abattage de viande cachère. Son frère Abraham se joindrait à eux et ils pourraient compter sur la famille Al Shaikhli dont un membre, avocat, avait gagné pour eux une cause auprès des tribunaux.

– Nous ne savons rien de la viande et de l'abattage, protesta Salim.

– Que savions-nous des textiles, du blé, des appareils ménagers et du cuir, avant de les importer?

– Ce n'est pas la même chose, insista Salim.

– Quelle différence? Nous achetons, nous vendons et nous faisons un bénéfice. Sauf que cette fois nous n'aurons pas de concurrents. Nous serons les seuls.

En fait, Salim était acquis à l'idée. C'était leur manière de procéder. L'un défendait une proposition, l'autre exprimait les objections. Une fois rassurés, ils fonçaient.

– Tu iras tout seul aux abattoirs, dit Salim; moi, je ne supporte pas l'odeur de la viande.

Et ils éclatèrent de rire.

*

* *

– Il faut que je quitte cette famille, dit Farida dès qu'ils furent seuls à Karradah. Comme elle avait ses propres clefs, elle venait l'après-midi lorsqu'elle pouvait se libérer. Farida était en perte de prétextes. Le dentiste s'éloignait à l'horizon, suivi d'un frère qui refusait de mettre les pieds chez sa tante et son oncle, de courses chez le fruitier et même de l'intention d'aller au cinéma en matinée.

La tante ne parvenait pas à la retenir et avait peur de la voir partir pour de bon, Dieu sait où. L'oncle élevait la voix, et croyait avoir ainsi joué son rôle. Farida le terrorisait. À tout moment, elle pouvait «tomber», c'est-à-dire rejoindre le rang des prostituées. S'il avait été un Bédouin, il l'aurait enfermée, et en cas d'échec, il aurait lavé son honneur en l'égorgeant publiquement. Il n'était ni son père, ni son frère. Le mari de sa tante. Un étranger.

– Je ne peux plus les supporter. Je suis la bonne, l'esclave. Le pain et l'eau. C'est tout ce que je reçois.

Salim comprenait la famille. Il s'imaginait être un musulman, un kawad, un entremetteur sans scrupules, qui profiterait d'elle pour la placer ensuite dans une maison close. Elle avait perdu l'honneur, et tout espoir de mariage. Il l'aimait et cet amour la réhabilitait, lui faisait surmonter la dégradation, sa nouvelle condition de fille perdue. Mais il était un homme d'honneur. Il la défendrait contre tout et tous.

– Je leur ai dit que je veux apprendre la musique, dit-elle, alors qu'ils se rhabillaient, que la nuit tombait.

Salim demeura muet devant la menace. Son avenir de chanteuse n'était pas un simple rêve.

– J'ai pensé à Sami, persista-t-elle, le violoniste aveugle. J'ai dit que j'irais chez lui, mais il pourrait venir ici. Tu pourras même assister aux leçons. Son frère l'accompagnera et tu les reconduiras.

– Mais tu ne veux pas devenir violoniste.

– Il sait tout jouer, Sami. Je veux apprendre le oûd. Je veux pouvoir m'accompagner, je veux composer mes chansons.

– Tu veux, tu veux...

– Tu n'est pas contre moi, Salim? Tu es mon homme, mon amour. Tu es dix fois mon mari. Rien ne peut nous séparer. Toute ma vie, je ne chanterai que pour toi. Même s'il y a foule, c'est pour toi que je chanterai. Je passerai ma vie à te dire mon amour. Tu ne peux être mon ennemi, Salim. Tu iras voir Sami demain.

Il ne répondit pas.

– Tu promets? dit-elle partagée entre la douceur et l'exaspération. Tu promets? répéta-t-elle, menaçante.

– J'essaierai.

– Tu iras. Promets-moi.

Il fit oui de la tête.

À sa surprise, quand il arriva au bureau, Sasson était là.

– Je t'attendais, Salim.

– Ah!

– Il faut que tu expliques tes absences. Tu n'es jamais là l'après-midi. As-tu une autre aventure?

– Que cherches-tu là?

– Je ne veux pas te suivre, Salim. Tu n'es jamais là l'après-midi.

– Je vais à Karradah.

– À la maison?

Il avait l'air soulagé.

– Tu n'avais qu'à me prévenir. Ainsi, tu les as toutes les deux sur les bras, c'est trop pour un seul homme. Est-elle gentille avec toi, Nadia?

Salim crut percevoir une colère contenue dans la voix de Sasson, un blâme.

– Je n'ai plus revu ni Nadia ni Nouriah. C'est fini, Sasson.

– Tu ne t'es pas marié sans me prévenir? Il riait aux éclats.

– Oui. Je suis marié, Sasson. Un jour tu connaîtras ma femme. Je te demande d'attendre. Peux-tu attendre?

Exaspéré, excédé, il suppliait Sasson de comprendre, sans poser de questions. Celui-ci n'avait qu'à patienter. Ils partirent du bureau ensemble.

– Viens voir ta sœur.

– Pas ce soir. J'ai envie de marcher.

Ils longèrent la rue Al Rachid, s'attardant devant le magasin Mashaal qui présentait le dernier modèle d'Oldsmobile, puis passant devant le cinéma El Zawraa où on affichait Robert Taylor et Loretta Young. Un peu plus loin, le magasin Lawee et le dernier modèle de Chevrolet.

– Je veux acheter une voiture, dit Sasson. Najiah a peur. Elle dit qu'elle a un pressentiment, qu'elle a fait un rêve... Il faudra que tu lui parles. Elle t'écoutera.

À la porte, Salim, immobile, ne semblait pas prêt à le quitter.

– Entre. Najiah sera heureuse de te voir.

– Non. Pas ce soir.

Puis, changeant de ton:

– Moi aussi, j'ai une femme, dit-il, à la fois défiant et désespéré. J'aime une femme, Sasson, et elle m'aime. Elle me sacrifie sa vie...

– Est-elle chrétienne? Musulmane?

– Non. Juive. Comme toi et moi.

– Elle est d'une famille que...?

– Famille honorable.

– Veux-tu que je parle à son père?

– Non. Ce n'est pas ça... Comment expliquer... Nous nous aimons, Sasson. C'est l'amour pour la vie.

– Ce n'est pas un obstacle.

– Nous sommes mariés, mais pas pour les autres.

– Tu veux dire...?

– Oui. Tu as tout compris.

– Tu as honte d'elle? De sa famille?

– Mais non. Je l'aime.

– Je sais que tu l'aimes. C'est bon pour le cinéma.

– Et elle m'aime, Sasson. Elle donne sa vie pour moi.

Il fit demi-tour et dévala la pente, précipitamment. Il resta longtemps face au fleuve, dans l'ombre, le visage en larmes.

En fin de matinée, il se rendit à l'endroit où Sami donnait des leçons de violon. En plein Chorja, le marché couvert, au-dessus de la boutique d'un épicier. La pièce laissait à peine filtrer la lumière. Une table, deux chaises, deux escabeaux et un banc. Une carafe, surmontée d'un verre. À l'ombre, dans un coin, Sami souriant semblait-il. Il portait des lunettes de soleil. Devant lui, un garçon de dix ans qu'il faisait jouer en lui dictant les notes, à l'occidentale. Subitement, pour illustrer ses instructions, il s'empara de son violon. L'émotion saisit Salim. Il sentit le son qui montait, aigu, traverser sa peau. Sami s'arrêta court. Le garçon ramassa ses papiers, mit son violon dans la boîte et Salim ferma la porte derrière lui.

– Je viens pour des leçons particulières. Ce n'est pas pour moi.

– Ah.

– Peux-tu venir à la maison?

– Ton fils?

– Non. Ma femme.

Elle voulait apprendre à jouer le oûd pour s'accompagner. Elle était d'abord une chanteuse. «L'une des meilleures», ajouta-t-il. Sami se rendrait à la maison avec son jeune frère, qui n'aurait pas à l'attendre. Salim l'accompagnerait au retour.

*

* *

– J'ai dit à ma tante que je prenais des leçons de musique. Je l'ai prévenue: si elle s'y oppose, je quitte la maison, je chanterai dans un malha, un cabaret, pour me payer un logement. Elle me laissera faire. Elle n'a pas le choix. Elle est convaincue qu'elle ne pourra pas m'empêcher de «tomber», de perdre mon honneur. Elle veut me garder le plus longtemps possible. Une bonne qu'on ne paie pas, cela ne se trouve pas facilement. Cette femme a l'âme d'une tenancière de maison close. Pour elle, toutes les femmes sont des prostituées. Elle méprise son mari et lui fait payer la moindre gentillesse.

Ils avaient une heure avant l'arrivée de Sami. Farida serrait Salim contre elle, à l'écraser. «Tu ne me quitteras jamais et je serai toujours ta femme.» Sa gratitude comme ses exigences étaient aussi une dimension de son amour. «Un jour le monde entier dira que Farida est une grande chanteuse. Tu seras fier de moi. Et je t'aimerai de me l'avoir dit le premier, et je passerai ma vie à chanter pour toi.»

Quand il vit Sami placer les doigts de Farida sur les cordes du oûd, il eu un serrement de cœur, de jalousie. Un homme touchait la main de Farida. Un aveugle, un professeur, se répétait-il pour se calmer. Il avait hâte que l'épreuve se terminât.

On eût dit qu'elle savait déjà jouer, qu'elle reprenait une pratique à peine oubliée. Sami répétait des notes, des mots qu'elle avait toujours sus. Puis sa voix s'éleva, en témoignage d'elle-même d'abord. Puis les yeux fixés sur Salim, pour le remercier, lui dire son bonheur et son amour. Lui la regardait. Il la caressait et ils faisaient l'amour sans se toucher. Sa voix, alternance de violence et de tendresse, les enveloppait dans une tension insupportable car les gestes ne venaient pas soulager le poids d'une sensation qui faisait éclater leurs corps. Salim se sentit submergé, envahi. Il ferait n'importe quoi. Voler, tuer. Par son chant, elle lui disait que sa vie ne lui appartenait plus, qu'elle la lui offrait par cet appel total, incessant, de la voix et du corps.

– Je n'ai rien à t'apprendre, dit Sami quand elle se tut.

– Je ne connais pas la musique, fit-elle, enjouée.

– Tu n'en as pas besoin. Elle est toute là.

– Je veux apprendre à jouer. Comment commencer et comment finir.

– Je t'apprendrai ce que tu sais déjà mieux que moi.

Ils partirent tous les trois en calèche.

Sami ne posait pas de question. Ta femme? Pourquoi quittait-elle la maison? Où allaient-ils? Il habitait la rue El Torate, près de l'école de l'Alliance. Salim proposa à Farida de la déposer mais elle refusa.

– Je veux parcourir la ville avec toi, lui dit-elle, après avoir quitté Sami devant sa porte. Je n'ai pas peur. Je veux crier mon amour, pour que personne ne puisse l'ignorer. Je suis si heureuse, Salim.

Il avait peur. Partout, de tous les toits, en dépit de l'hiver tout proche, des yeux les jugeaient. Des yeux hostiles, jaloux. Personne ne peut vivre l'amour dans cette ville. Il n'y a pas de femme amoureuse et aimée. Des prostituées ou des épouses. Ils étaient seuls dans la ville. Salim et Farida, et ils étaient les plus forts, mais il avait peur.

Deux, trois fois par semaine, Sami se présentait à Karradah accompagné de son frère. Salim arrivait plus tard. Il se demandait si Sami ne venait pas là pour son plaisir, pour écouter Farida. Il se disait que lui aussi... Et si elle décidait de ne plus jamais chanter? Il ne pourrait plus la voir. Il ne pourrait plus l'aimer. Quelques fois le frère assistait aux leçons afin de raccompagner Sami. Demeurés seuls, elle improvisait au oûd. Le regard perdu, absent, elle se mettait à invoquer l'amour, le bonheur et la tristesse de l'amour. L'absence et l'attente. Ses yeux, tour à tour, don et appel. Il n'avait qu'un désir alors, la protéger, la presser contre lui, nus tous les deux, pour la soustraire au monde, pour en éloigner la menace, pour assister au déroulement des semaines et des mois. Elle serait toujours là, à chanter, à proclamer son amour et il serait là pour l'accueillir et protéger leur secret.

Un soir Farida, l'air résolu, lui dit:

– Le frère de Sami l'a ramené. Je ne veux pas que tu me quittes. J'ai décidé de passer la nuit ici. Et tu resteras avec moi. Le frère de Sami préviendra ta mère que tu passes la nuit à une fête. Elle ne s'inquiètera pas.

– Et toi? As-tu prévenu?

– Oui. C'est eux qui m'obéissent. Ils savent que je peux partir, qu'ils n'ont aucun pouvoir pour me retenir. Ils ont peur. Ma tante a déjà capitulé. Pour elle, je suis déjà «descendue». Une putain. Si seulement elle pouvait éviter le scandale. Son mari jubile, secrètement. Une putain dans la famille de sa femme. Ça mettrait celle-ci en son pouvoir. Ils n'ont pas de fille à marier. Pour le garçon, l'obstacle est de taille, mais il n'est pas insurmontable.

– J'ai parlé à Sami, continua-t-elle. Je lui ai demandé des conseils. Je veux chanter. Je veux dire, en public.

Salim s'effondra.

– Où? Pas un malha?

– Où d'autre? Je ne suis pas au Caire, pour chanter dans les films et je ne suis pas Oum Koulthoum pour faire la loi.

– Mais, Farida, tu sais qui fréquente les malhas.

– Je sais. Des hommes. Qui boivent, qui écoutent la musique et qui...

Elle s'arrêta. Salim savait qu'elle était allée jusqu'au bout dans son esprit, mais que le mots ne sortaient pas.

– Sami fait partie de l'orchestre du malha Al Zawraa.

Dire que c'était lui qui était allé chercher cet homme, qui l'avait introduit dans sa maison.

– Il parlera au propriétaire. C'est un arménien. Anton.

– Farida, s'écria Salim, tu sais ce qu'on attend des femmes dans un malha, tu sais le genre de vie que mènent les danseuses et les chanteuses.

– Je sais, Salim.

Elle était au bord des larmes, comme si, du fond d'un gouffre, elle appelait au secours.

– Tu ne peux pas, Farida.

Elle se leva. De la cuisine, il l'entendit hoqueter. Une «artiste». La femme qu'il aimait. Il lui donne sa vie et elle va chanter dans les cabarets. «J'aime une artiste», dira-t-il. C'est bien. Une prostituée. Et ta femme? Qui est-elle? Et tes enfants, où sont-ils? Une artiste, c'est l'autre, la maîtresse, la putain. Il n'y a que les fous, les imbéciles, qui consacrent leur vie à de telles femmes. Elles ne se réservent pas, elles, à l'amour; elles ne comptent pas, elles, les amants, les hommes qui les protègent, les entretiennent. Ses pleurs le bouleversaient. Il ne pouvait pas l'abandonner à son sort. C'est elle qui le lâchait, qui allait s'engouffrer dans les bouges, les boîtes d'ivrognes. C'est elle qui choisissait la «descente», la vie dissolue, les amants, les hommes qui paient. Elle n'avait même pas besoin de... Il lui donnerait tout. Maison, foyer...

Elle revint et passa une veste de laine, qu'elle avait tricotée elle-même sur sa robe à fleurs. «Un jour, lui avait-elle dit, je tricoterai un chandail pour toi.» Et elle ferait la cuisine et elle aurait des enfants et ils les élèveraient... Elle avait retrouvé son air résolu. Un sourire invulnérable. Sa bouche. Bientôt elle se mettrait à chanter et il n'y aurait pas de retour possible.

– Pourquoi, Farida?

– Je n'y peux rien, Salim. Je ne peux pas faire autrement.

Pas l'ombre d'un regret. Il n'y aura pas de repentir. Les hommes feront la queue devant sa porte et elle les accueillera avec ce sourire qui leur interdira de percer son armure. Elle s'approcha, le regard tendre, sans faiblesse.

– Salim, ma vie est à toi. Je t'aime. Il n'y aura pas d'autre homme dans ma vie. Je n'aimerai jamais d'autre homme.

– Alors, pourquoi?

– Je ne peux pas faire autrement.

Elle parlait calmement, sans froideur, comme s'il était l'enfant et elle, la mère ou la grande sœur.

Sans qu'elle proteste, il l'entraîna au lit, la déshabilla. Elle allait au-devant de ses gestes. Elle répondait à l'appel et lançait un appel. Il ne la possédait pas plus qu'il n'était possédé par elle. Il la voulait et elle se donnait. Entièrement, totalement. Elle s'abandonnait à lui et à l'amour, librement. Leurs corps les devançaient, allaient l'un vers l'autre, au-delà des séductions. Ils n'avaient pas à persuader, à chercher à convaincre. C'était l'évidence. Ils étaient ensemble, chacun cherchant, par sa voie, à rejoindre l'autre, et vivre l'amour. Il ne pouvait pas reculer. Demain, il lui dira qu'il la quitte, qu'il ne peut pas vivre avec une putain, qu'il ne supporte pas qu'elle connaisse d'autres hommes, qu'il est jaloux et qu'il serait impitoyable pour ses rivaux. Il le lui dira, il le lui dira, mais ce matin, le premier de leur vie, cette nuit, la première de leur amour, étaient de ces cadeaux, rares et si précieux, dont la vie n'est pas prodigue. Il avait envie de la défendre contre tout assaut, de la protéger des intrus. Tout à coup, elle se mit à chanter. Des mots nouveaux. L'amour et le fleuve, Dijla et l'homme de sa vie. Une mélodie qui ressemblait à tant d'autres et qu'il n'avait jamais entendue auparavant. Elle reprenait la phrase, la modulait, improvisait à l'infini. Des cercles dans des cercles. La vibration le fit frisonner de tout son corps. Il l'aimait. Pas moyen de fuir. Prisonnier de sa voix, de toute la tendresse du monde qu'elle lui présentait. Elle chantait pour lui, elle ne chantait que pour lui. Et elle lui disait: Salim, tu ne peux pas me quitter. Je chante pour toi. Je ne peux chanter que pour toi. Alors pourquoi Anton, le malha et les hommes, tous des musulmans qui paient et qui boivent, pourquoi... Comment protester, résister? Elle l'aimait. Il ne pouvait pas en douter et cet amour le submergea. Il la voulait à lui seul et elle voulait prendre le monde entier à témoin de son amour pour lui. Et l'image de Farida sur la scène du malha, des yeux de ces hommes ivres, affamés, braqués sur elle, qui la déshabillaient, l'avalaient... Et lui, spectateur parmi les spectateurs, laisserait tous les barbares du monde la lui prendre, tous les cannibales se partager son corps! Jamais... Jamais il ne la laisserait faire.

– C'est une nouvelle chanson, dit-elle. Sami m'a apporté une revue: *Al Hassid*. Des poèmes, des contes. Ils les connaît. Tous des juifs. J'ai choisi un poème et j'en ai changé certains mots. Le garçon rêve d'un amour imaginaire. Il ne sait pas qu'on peut aimer et vivre, que l'homme qu'on aime peut être là, que sa peau a une odeur, que ses bras écrasent la femme aimée.

Elle lui échappait. Bientôt, il faudra qu'il la poursuive, qu'il courre pour la rejoindre. Et elle ne le reconnaîtra plus. En sa présence, il se sentait impuissant et pourtant il ne pouvait pas, lui, vouer sa vie à une «artiste», vivre dans la clandestinité, accepter de partager le corps de la femme aimée. Mais à l'idée de ne plus voir Farida, il sentait son corps faiblir, ne plus obéir à sa volonté. Il avait envie de disparaître.

Une ou deux fois par semaine, ils passaient la nuit ensemble. Dès que l'un sommeilllait, l'autre le réveillait, comme si la vie allait leur manquer, le temps leur échapper.

– Tu seras fatigué demain, disait-elle.

– Cela ne fait rien. Je ne veux pas dormir.

Un jour, à l'aube, Salim sentit contre lui les mains, les jambes puis tout le corps de Farida. Il fit semblant de sommeiller mais Farida le toucha, l'excita.

– J'ai décidé de quitter la maison de ma tante, dit-elle, un peu plus tard.

– Pour aller où?

– J'ai pensé d'abord louer une maison. Je n'ai pas d'argent. C'est insupportable. Je ne peux pas inventer des prétextes chaque fois que je sors.

– Tu ne vas pas rentrer dans ta famille? fit-il, effrayé.

– Non, rassure-toi! Je suis très bien ici.

– Tu peux t'installer ici, commença-t-il, hésitant.

– Enfin! Elle éclata de rire. J'attendais que tu me l'offres.

Elle s'allongea sur lui.

– Dès que je commencerai à gagner, je changerai de maison.

Soulagé et pourtant inquiet, il ne lui posait plus de questions, redoutant surtout d'avoir à accepter son comportement, à être d'accord. Elle ne lui raconta qu'une semaine plus tard, par bribes, sa rencontre avec Anton et son engagement.

Le malha était situé à la hauteur de Akoulia, avant d'atteindre le Senak. Sur la rue, une porte banale entre le commerce d'un bijoutier et celui d'un horloger. À l'intérieur, une vaste salle plafonnée, en usage l'hiver. L'été, le malha fonctionnait en plein air dans une rue voisine.

Anton, un petit homme aux tempes grisonnantes, au ventre saillant, était tout sourire. Des dents en or plein la bouche, les yeux globuleux, il attendit qu'elle retirât ses voiles. Sami et son frère se tenaient là en silence.

– Sami ne tarit pas d'éloge sur ta voix, commença Anton cherchant à s'exprimer en dialecte juif.

– C'est un excellent professeur, répondit-elle avec l'accent musulman, coupant court à toute tentative de familiarité.

– Tu ne vas pas chanter voilée, dit Anton. Son rire qui se voulait dégagé, affirmatif, exprimait surtout une gêne.

Elle enleva ses voiles, les plia et les déposa sur une chaise. Sami prit place sur scène et se mit à improviser au oûd comme s'il était devant un public: une introduction, des prolégomènes pour le chant. Sami savait changer de registre pour annoncer l'entrée en scène de la chanteuse, pour céder la place à la voix attendue, l'accompagner, la mettre en valeur en s'effaçant, comme si, tout en demeurant proche, il s'éloignait. Farida, seule, devant une salle vide, évitait le regard d'Anton qui la détaillait, la déshabillait, avide, l'avidité des dizaines d'hommes qui seraient là. Comment échapper à ces yeux qui cherchaient à la saisir, la garder prisonnière? L'image de Salim ne lui était d'aucun secours: hostile, il désapprouvait sa conduite. Elle lui en voulut l'espace d'un moment. De l'aimer et de ne pas être à ses côtés, de l'abandonner, de la laisser se dévoiler devant un homme, un inconnu qui se jetterait sur elle, l'écraserait de son poids de bête si elle ne se défendait pas. Sami changea de registre. C'était le moment. Sa voix puissante masquait sa peur, son incertitude. Devant cet homme, multiplié, elle ne pouvait plus se dérober. Nue, vulnérable, à portée de la main. Les yeux de l'homme, innombrables, la dépouillaient de tout secret. Accessible. Elle n'était qu'une voix. Cette voix la portait. Elle n'avait plus de corps. Elle était transparente. Et les yeux de l'homme s'éteignaient, devenaient vides, captant le secret, mais toute symbiose absente. Le chant la rendait réfractaire à toute tentative d'envahissement. Sa voix était une armure inexpugnable. Aucun homme ne la vaincra. La salle s'étendait à l'infini. De l'ombre surgissait le regard de Salim, puis son visage, et tout son corps. Il régnait sur chacun de ses gestes, sur la moindre inflexion de sa voix. Elle chantait pour lui. Elle ne pourra chanter que pour lui. Sa présence la soustrayait à l'avidité de cet Anton qui cherchait à l'encercler, mais elle était inaccessible. Il applaudissait.

– Tu es la plus grande, la plus sublime chanteuse d'Irak. Sami, as-tu jamais entendu une voix aussi divine? Toutes les Syriennes, les Libanaises et les Égyptiennes viendront se mettre à tes genoux.

Farida savait que pour lui, elle était désormais intouchable. Il ne lui proposerait pas de passer la soirée ou la nuit chez lui, pour se familiariser avec son art. Sa voix était l'évidence même.

– Tu commenceras dans deux semaines, le temps d'afficher ton nom à l'entrée, à longueur de rue Rachid, de publier des placards dans les journaux, de faire de la publicité dans les cafés et les bureaux. J'inonderai la ville de ton nom, le mahla Al Zawraa sera le plus connu d'Irak et ta réputation atteindra Beyrouth et Damas et le Caire.

Farida exigea cinquante dinars par mois – six fois le salaire de son oncle – un jour de congé, et surtout, obtint de ne pas s'asseoir aux tables des clients.

– Mais, tu n'es pas mariée... commença Anton.

– Si. Mon mari est riche et puissant.

– Ah! Qui est-il? demanda-t-il d'un sourire incrédule.

– Tu le connaîtras. Il m'accompagnera.

L'idée d'avoir une vedette qui ne s'attable pas avec les clients ne déplaisait pas à Anton. Oum Koulthoum ne trinquait pas avec les paysans, et Laïla Mourad ne passait pas ses nuits dans les bras d'un militaire. Bagdad aussi aura ses artistes, des chanteuses, que leur voix et un mari puissant protègent.

Comment annoncer la nouvelle à Salim? Elle attendit qu'ils fussent nus, la fin de l'étreinte, alors qu'il la tenait encore dans ses bras.

– Tu tiens entre tes bras la nouvelle vedette du malha Al Zawraa.

Il desserra les bras et demeura muet.

– Tu ne dis rien?

– Tu ne m'as pas demandé mon avis. Je n'ai rien à dire.

– Je t'avais dit, mon amour, que Sami parlerait à Anton.

– Sami, Sami, il n'y a que lui qui existe.

– Salim, mon amour, ne te fâche pas. Tu seras fier de moi, comme moi, je suis fière de toi. La nouvelle vedette... ne chante que pour toi, ne peut chanter que pour toi.

– Et quelques centaines d'ivrognes et de vauriens.

– Il n'y a que toi, Salim. Il n'y aura que toi. Si tu me quittes, je me tue.

– Pas de menace, Farida.

Farida emménagea à Karradah mais la nuit, seule, elle avait peur car Salim n'y venait pas. Le vent d'hiver augmentait sa frayeur. Elle avait dit à sa tante qu'elle rentrait à Hilla, et savait que ni celle-ci ni son mari ne la croyaient. Si Farida était «tombée», ce n'était pas de leur faute. Chez eux, ils veillaient sur elle et l'honneur de la famille. Mais quand une jeune fille est possédée par le diable, rien ne peut l'arrêter, ni homme ni femme, ni oncle ni tante.

Au bureau, Salim était pâle, absent. Il acquiessait à tout ce que lui disait Sasson. Ce fut à ce moment-là qu'ils décidèrent de s'engager dans l'affaire des abattoirs.

Et puis la pluie se mit à tomber. Le déluge. Les petites rues, non asphaltées, étaient devenues des marécages. Il fallait longer les murs pour éviter la boue et tous ceux qui n'avaient pas à sortir se terraient à l'intérieur. Des toits mal construits s'infiltrait l'eau dans les pièces. Pas de refuge contre le déluge pour les pauvres. On attendait l'arc-en-ciel, l'annonce du terme de l'épreuve. Farida en voulait à Salim. Il était en colère contre elle, mais ne savait-il pas qu'elle l'aimait, qu'elle donnerait sa vie pour lui? À Sami, elle demanda de venir tous les jours. Sans argent, elle dut lui en emprunter.

Cinq jours, et pas de nouvelle de Salim. Elle ne pouvait pas croire qu'il l'abandonnait ainsi. Ça ne pouvait pas être le comportement de l'homme qu'elle aimait. Elle demanda au frère de Sami d'aller au bureau. «Dis que tu viens de la part du directeur de la banque.»

Il revint, essoufflé, couvert de boue. Toute sortie dans la ville était une expédition. Bien que la pluie eût cessé, des trombes d'eau obstruaient les rues, on glissait, on risquait à tout moment de se retrouver sur le dos.

– Salim est malade.

– Je savais. Mon cœur me le disait et je ne peux pas être auprès de lui.

– Mais il va mieux, la fièvre est tombée. Il tousse encore. On a même fait venir le docteur, qui lui a recommandé le repos. Tiens, il t'envoie ceci.

Et il lui tendit l'argent. Farida pleurait à chaudes larmes.

– Et qu'est-ce qu'il t'a dit pour moi?

– Il ne pouvait pas parler. Sa mère était toujours dans les parages.

– Mais il a pensé à moi. Il ne t'a pas dit que je pouvais aller le voir? Il a besoin de moi.

– Il m'a donné l'argent pour toi et demande que tu l'attendes.

– L'attendre. Bien sûr que je l'attends. Comme si je pouvais faire autrement.

Elle ne le revit que la veille de ses débuts. Il arriva, l'après-midi, avançant lentement, comme s'il s'assurait où mettre le pied.

– Tu es si pâle. Viens t'étendre sur le lit.

Elle se fit maternelle, sans chercher à le séduire. Une grande fille. Une femme. Comme sa mère, se dit Salim. Comme Najiah. Ne se souciant que du bien-être de l'homme. Semblable à toutes les autres. Elle serait ennuyeuse; n'a-t-il pas rêvé Farida, n'était-elle qu'un produit de son imagination? Il la voyait si peu. Elle chantait et lui faisait tout oublier, son corps et le sien. Un corps menu, vulnérable. Il ne s'était jamais rendu compte combien elle était brune. La peau, les cheveux. Une vraie musulmane. Durant sa maladie, son visage l'accompagnait, présence constante. Trop faible pour ressentir du désir, il l'imaginait, plus tard, nue contre lui et attendait ce moment. Maintenant qu'elle était là, il retrouvait un monde familier, un bien-être lointain, un bonheur enseveli.

Elle tremblait.

– Si tu savais comme je t'aime. Viens, viens.

Une petite fille en faute, et qui demande non pas le pardon, mais une levée de l'interdit:

– Pourquoi es-tu si cruel avec moi? Si tu ne viens pas, je me tue. Je ne vis pas sans toi.

Il ne ressentait pas d'émotion qui répondît à l'appel. Il imaginait son amour à travers un écran. Qu'elle chante, qu'elle devienne vedette. Peut-être la retrouverait-il. Le temps avait passé. Il était trop tard. La vie leur avait échappé; il l'avait laissée fuir. Il eût fallu qu'il exigeât. Mais il l'aimait. Et c'était à lui maintenant de demander pardon. Son amour était un souvenir récalcitrant qu'il ne parvenait pas à rattraper, à faire revivre. Il ira l'écouter. Une chanteuse. Et il se fera pardonner. Peut-être la retrouvera-t-il. Il avait pitié d'elle et de son amour absent. Une chanteuse. Il ne pourra être fier qu'en secret. Elle lui a imposé la clandestinité. Il ne reviendra plus. Il l'écoutera chanter. Un spectateur. Privilégié, mais personne ne le saura.

*

*   *

Farida arriva seule au malha. Salim avait promis d'être dans la salle.

L'orchestre donnait à chacun de ses membres l'occasion de démontrer sa virtuosité dans l'improvisation. Ce fut le joueur de oûd d'abord, puis celui de kanoun, du nay, et enfin le violoniste, Sami. Salim commanda un quart d'arak et scruta l'assistance. Pas un juif, se dit-il. Pourtant, il y en avait qui pouvaient passer facilement pour des musulmans. Des militaires, des cheikhs, des fonctionnaires... Attablés à trois, à quatre, souvent à deux, les hommes buvaient de l'arak. Ils parlaient fort, riaient lourdement. Salim se sentit mal à l'aise. Il aurait dû inviter Sasson. Mais il eût été nécessaire d'expliquer à Najiah, qui en aurait fait le récit à sa mère, qui aurait communiqué la nouvelle à Naji... Ce ne serait jamais fini.

Il buvait vite, son visage était brûlant. Il craignit que la fièvre ne revînt, chercha à se calmer. Il était dans un pays étranger. Aucun visage familier. Il passait tous les jours devant cet établissement, mais il était l'intrus, venu d'ailleurs.

Anton annonça la nouvelle vedette, la grande découverte du malha al Zawraa. Farida apparut en robe longue noire rehaussée de paillettes aux manches et à l'encolure. Sans maquillage, le regard grave, elle ébaucha un sourire. Elle lui parut grande, occupant toute la scène, imposant le silence à la salle. Elle accueillit les applaudissements d'un geste de la tête, puis attendit que l'orchestre ralentisse son rythme pour entonner son improvisation. *Ya laili, ya aini.* La voix basse, mais ferme, la mélodie sûre, la modulation simple d'abord, puis se compliquant, permettant à la vie de monter, pour régner, envahir la salle. Salim oublia la salle. Spectateur parmi les spectateurs, il était suspendu aux lèvres de cette femme qu'il découvrait. Il l'aimait. La voix montait, laissant l'orchestre prendre le relais, revenait à la charge, chuchotante, grave, puis montait à nouveau. Dans la salle, le silence. Ici et là, un éclat de voix vite tu. Un arrêt, avant la chanson. Le terme de l'improvisation contraignante, obéissant à des règles plus strictes que n'importe quelle chanson, exigeait la maîtrise de l'artiste. Les applaudissements fusèrent, bruyants.

Salim regarda la salle. Tous ces yeux, tous ces hommes qui criaient leur délectation, leur gratitude, et qui, une fois ressaisis voudraient s'emparer de Farida, se l'approprier. Et lui, personne ne se souciait de sa présence, ni ne soupçonnait leurs liens. Il crut capter le regard de Farida. Elle était sa femme, cette silhouette noire, au sourire fuyant. Dans une heure, dans deux heures, elle sera dépouillée de sa robe, un corps menu, tout contre lui, appelant le désir et réclamant l'amour. Il était le seul parmi ces hommes, l'unique à connaître la couleur de sa peau, son parfum, et cette autre musique, le halètement du désir et les murmures d'amour. Des intrus, des idiots qui réclameraient la présence de la chanteuse à leur table. Imbéciles. Cette femme n'est pas à vendre. Elle est mariée ... Elle a un homme. Un seul.

Et en même temps, Salim avait envie de crier que non, ce n'était pas lui; il ne connaissait pas cette chanteuse; sa femme était à Karradah, une jeune fille qui faisait les lits sur le toit, en été. Il n'avait rien à faire avec la chanteuse. Ni entremetteur, ni protecteur. Il était l'homme d'une autre, il aimait une Farida qui ne chantait que pour lui, qui ne se dévoilait pas dans la rue, qu'aucun homme n'avait vu. Elle l'attendait. Il allait la retrouver, la voir renaître, et il renaîtrait avec elle, et vivrait sa vie.

Le lendemain, Anton jubilait. Farida sera la vedette du mois. Ensuite, elle se fera rare, acceptera cependant des engagements à des mariages juifs, puis reviendra au malha pour un autre mois. Il signera un contrat d'exclusivité avec elle. La veille, il avait en vain essayé d'approcher Salim. Que Farida ait un protecteur qu'elle dit être son mari le rassurait, à condition que celui-ci accepte ouvertement son rôle. Salim était juif et n'était donc pas de force à assumer la responsabilité de ce rôle. Farida était trop jeune et trop belle pour refuser tous les hommes. Pour Anton le dilemme était de taille. Le problème ne tarda pas à se poser quand un officier demanda à Anton de transmettre une invitation. Il réclamait la chanteuse à sa table, au malha ou ailleurs. Quand Anton lui apprit que Farida était mariée, qu'elle n'acceptait pas d'invitation, l'officier se rebiffa. Il réclama l'identité du mari, avec qui il négocierait. L'argent n'était pas un obstacle. Il la voulait à sa table. Anton savait que Salim ne ferait pas le poids. Un homme d'affaires juif. Le militaire s'esclafferait mais n'encaisserait pas un refus. Avec les autres chanteuses, Anton n'avait jamais de problème. Leur tarif était connu et reconnu. Quand il fit part de ses difficultés à Farida, celle-ci haussa les épaules. Devait-elle lui rappeler leurs conditions? Elle n'était pas une putain.

Salim arrivait au malha en fin de soirée. Un taxi les reconduisait à Karradah. Farida était infatigable. Elle passait la nuit à parler, à exciter le désir de Salim. Elle n'arrivait à dormir qu'épuisée. Au bureau, Sasson se plaignait qu'il le voyait peu et rarement. Comment lui faire comprendre? Il l'emmènerait au malha. Il vivait dans un demi-sommeil; absent à ses gestes, à sa vie, il ne retrouvait son corps que dans les bras de Farida. Si ce régime se prolongeait, il retrouverait son lit de malade.

Ce soir-là, Anton retint Farida avant qu'elle n'entre en scène. «Il faudrait que ton mari assure ta protection annonça-t-il. Je peux réprimer les ardeurs des jeunes officiers, des petits fonctionnaires, mais les autres, le dessus du panier, pourraient tout casser dans la boîte.» Il lui donna en exemple les chanteuses de Bagdad. Chacune avait un amant officiel. Autrement, elles faisaient connaître leur tarif. Et les artistes très connues? Asmahan avait son frère Farid Al Attrache, Oum Koulthoum était trop vieille, trop laide et trop célèbre pour avoir besoin d'un homme. Et encore là, on ne savait pas. Laïla Mourad? Mohammed Abdul Wahab l'avait prise sous sa coupe. «J'ai Salim», se dit Farida, sans y croire. Non pas que celui-ci fût lâche, mais que pouvait-il, juif, commerçant, face aux militaires, aux chefs de tribus? Il ne pouvait tout de même pas les repousser avec ses mains nues. C'était à elle de le protéger.

– Jawad Hachem est dans la salle, lui annonça Anton après son premier tour de chant.

Elle haussa les épaules.

– Le chef de la police de Bagdad. Anton jubilait. C'est la première fois qu'il vient lui-même au malha.

D'habitude, il envoyait ses émissaires. Anton ne rechignait jamais à compenser sa bienveillance par... car d'un clin d'œil, il pouvait faire fermer son établissement. Puis il avait la générosité de ne rien réclamer de précis. Moins avide que ses prédécesseurs, il donnait l'exemple à ses subalternes. Il avait la réputation d'être incorruptible, mais le sens de ce mot était relatif.

Anton, tout en courbettes, s'affairait autour de son hôte accompagné de deux lieutenants.

– Tu as déniché l'oiseau rare, dit-il, d'un ton partagé entre le mépris et la complicité. Que voulait-il?

– Je suis heureux que notre vedette plaise à votre Éminence.

Peu après, un des lieutenants rejoignit Anton.

– Son Éminence voudrait féliciter Farida.

– Quel honneur! Je vais le lui dire.

Le lieutenant ne bougeait pas.

– Ce sera dans mon bureau. Pas dans la salle. Elle est timide, craintive, la pauvre.

– C'est ce que son Éminence suggère. Il ne souhaite pas qu'elle vienne à sa table.

– Elle ne s'assied à la table de personne.

– C'est mieux ainsi.

Anton n'en dit mot à Farida. Après son deuxième tour de chant, elle se rendit au bureau d'Anton réclamer son cachet de la semaine. Jawad, assis, buvait un café. Ses lieutenants, debout, s'éclipsèrent dès son entrée.

– Son Éminence souhaite te féliciter, commença Anton.

– Farida, dit Jawad, tu es la meilleure chanteuse de l'Orient.

Mince, une moustache épaisse et noire, les yeux grands, veloutés, le nez petit, légèrement épaté et une grande bouche. Il riait avec la candeur d'un enfant et un charme naturel, une chaleur communicative. Il ne faisait étalage d'aucune autorité. Un jeune homme. Un sentimental, un passionné, et non pas le conquérant brutal, malgré l'uniforme.

– On me l'avait dit, poursuivit-il. Mais maintenant que je t'ai écoutée, je le sais. Tu es la plus grande.

– Merci, fit-elle, sans timidité.

– C'est un honneur, commença Anton.

Jawad se leva.

– Je reviendrai, dit-il. C'est une joie dont je ne voudrais pas me passer.

– C'est un honneur, dit à son tour Farida, à la joie d'Anton.

Salim l'attendait à Karradah. Il n'allait pas la chercher tous les soirs au malha. Souvent, déjà au lit, il s'endormait et Farida le réveillait pour épuiser son énergie, sa fébrilité, avant de tomber de sommeil. Ce n'est que le lendemain qu'elle lui fit part de la visite de Jawad. Pour en amoindrir l'importance, mais aussi pour en absorber elle-même le choc.

– Il ne t'a rien demandé? s'enquit Salim, incrédule.

– Il est venu me féliciter. Qu'avait-il à me demander?

– Tu verras. Ils sont tous les mêmes. Ils ne pensent qu'à une chose.

Elle le sentit triste et, pour la première fois, craintif et résigné. Elle l'aimait de ne pas prétendre être le plus fort. Elle était sûre de son amour. Il ne l'abandonnerait jamais, quoi qu'il arrive.

Anton répandit la nouvelle: le chef de la police de Bagdad avait rendu visite à Farida. Il laissait planer l'incertitude et l'ambiguïté sur la nature de la visite. Et quand un militaire, un fonctionnaire demandait Farida à sa table, Anton répondait qu'elle n'acceptait pas d'invitation. Puis, fermant les yeux, il confiait que le chef de la police viendrait ce soir, à moins que quelque affaire pressante...

Au malha, garçons, musiciens, autres artistes prenaient pour acquis que Jawad Hachem, un homme incorruptible, disait-on, protégeait Farida. Anton s'arrangea pour que la nouvelle atteignît les oreilles de Sasson, qui sans doute la répéterait à Salim, qui à son tour, en parlerait à l'intéressée elle-même.

Sasson, qui en voulait à son ami de le tenir à l'écart, ne l'invitait plus chez lui. D'ailleurs, Salim ne voyait plus sa famille. Sa vie était partagée entre le bureau et la maison de Karradah. Sa famille savait qu'il entretenait une femme. On n'en connaissait pas l'identité. Et l'oncle et la tante Agha, eux-mêmes, ne savaient pas qui avait fait «tomber» Farida. Salim souhaitait que le secret éclatât, bien que profondément humilié d'admettre que toute sa richesse, tout son amour, tout l'amour de Farida, ne feraient pas de lui un protecteur. Il n'était pas de taille. Faire face à l'armée, la police et les tribus bédouines. Ce n'était pas l'affaire d'un juif.

Sasson devinait la vie de son partenaire, ses angoisses, sa lassitude. Salim s'acharnait au travail ou, pris d'une subite léthargie, traitait distraitement les clients, écoutait Sasson sans réagir. Quand Sasson lui fit part de la rumeur au sujet du chef de la police, il encaissa l'humiliation sans avouer qu'il était, de la partie, le premier concerné. Il eut soudain envie de se confesser à Sasson, de se soulager d'un secret qui l'étouffait.

Jawad Hachem revint au malha une semaine plus tard. Il pleuvait et un vent froid soufflait. Les rares passants de la rue Rachid s'abritaient sous les arcades. La salle était à moitié vide. Quand Anton prévint Farida que le chef de la police était dans la salle, elle en eut une telle joie qu'elle se sentit coupable. Tous les jours, Anton faisait des allusions à son ombre protectrice. Sa présence hypothétique éloignait les intrus.

De la scène, son regard rencontra celui de son admirateur, et Farida fut bouleversée par la douceur de la demande. Jawad donnait sans insister. Elle ferma les yeux pour s'oublier dans le chant et en traversant la salle après son tour de chant, elle ne vit que Jawad, là au premier rang. Un sourire léger, à peine perceptible, établissait une complicité impossible à repousser. Elle acceptait l'hommage. Un policier musulman était dans son esprit le conquérant sauvage et le protecteur de la femme et de l'enfant. Il suffirait, dans la nuit obscure, de lui dire: «Je suis ta sœur. J'ai peur de rentrer seule» pour qu'il l'accompagnât jusqu'à sa porte. La toucher serait une transgression du code d'honneur, plus rigide que toutes les lois. Jawad n'était ni le protecteur ni le sauvage. Elle était mariée. Elle ne connaissait qu'un homme à qui elle a donné sa vie, voué son âme, son esprit et son corps.

Toujours accompagné de ses lieutenants, Jawad partit après son dernier tour de chant sans l'avoir approchée. Elle en fut déçue. Ce soir-là, elle se pressa contre Salim, cherchant à se fondre en lui. Elle était la servante du désir de son amant, l'excitant pour le calmer, comme si elle s'oubliait, demandait pardon; elle retrouvait le chemin qui les unissait et qu'elle avait quitté. Elle sentit son corps insuffisant à exprimer sa soumission au désir; son amour n'était pas un mur infranchissable. Elle chantait devant son public. Il y avait là Salim, absent, et un Jawad qui, sans ouvrir la bouche, la sollicitait. Il était d'autant plus fort qu'il ne faisait pas état de sa puissance. Comment le dire à Salim, comment, silencieusement, l'appeler à son secours? Elle l'aimait. Elle n'aimait que lui. Et le policier musulman ne la menaçait pas. Il l'écoutait chanter. Pourquoi était-elle si contente qu'il fût là et qu'il la regardât en silence? Ce regard ne contredisait pas son amour pour Salim. Cet amour débordant la submergeait. Le regard d'un autre, même si elle y répondait, en était la confirmation. Elle étouffait dans son corps, si petit, si étroit, pour contenir tout son amour et celui de Salim n'était pas assez vaste pour recevoir son immensité.

Le matin, se dégageant des bras de Salim, elle se demanda si elle ne cherchait pas des excuses pour échapper à Salim, à son amour; une interrogation écartée rapidement. À Karradah, elle ne chantait plus. Ses soirées l'épuisaient et la musique, son chant s'associaient désormais dans son esprit à l'atmosphère du malha, à une confusion de bruit et de visages, d'appels et de cris, de rires et d'exclamations. Il lui fallait des heures pour se retrouver.

Quand elle entrait en scène, l'orchestre lui insufflait l'élan, sinon le désir ou l'enthousiasme. Elle cherchait à s'absenter du bruit, désespérant d'imposer un silence immédiat. Réfugiée dans sa propre voix, elle écoutait son chant évoluer, peu à peu, vers une assurance, gagnée volute par volute. Elle résistait à la tentation d'opposer le mépris à l'inattention. Elle tomberait alors dans l'artifice et l'ennui, et se sentirait inutile. Le chant devenait un travail, une fonction, un moyen de gagner sa subsistance. Et, au retrour, elle se pressait contre Salim et répétait, pour se rassurer, «je chante mon amour pour toi, je chante par amour pour toi.» Salim, ému, finit par s'habituer à ce qui lui apparaissait comme un rituel, un moyen de trouver la force, le courage de continuer. Il l'aimait lui aussi, et ne voyant pas dans la confusion des routes quel chemin prendre, il la serrait contre lui pour se protéger. Elle était là, au départ et à l'arrivée, et il ne saurait trouver désormais aucune autre certitude. Parfois, il allait écouter la fin de son chant et croyait la retrouver. Puis, dans le taxi, elle se blotissait contre lui, cherchant un refuge qu'il ne pouvait pas lui offrir, et il sentait sa fatigue rejoindre la sienne, décuplée par la sienne.

Souvent, elle cherchait délibérément à se perdre dans son chant. Ses improvisations de *ya laili* évoluaient sans contrôle. Elle ressentait, à chanter, un frisson semblable à celui que suscitaient en elle les errances vocale d'Asmahan et d'Oum Koulthoum. Elle attendait ce moment pour se réconcilier avec la vie qu'elle avait choisie. Et dès que sa voix s'effaçait dans un silence voulu, la salle éclatait. «Allah, Allah», criait-on de toute part. Et c'était la fin de l'ivresse. Elle n'était pas à bout de souffle, son chant allait reprendre, elle imposerait, au moment voulu, le silence et à nouveau, la salle disparaîtrait dans la pénombre, et elle flotterait sur les vagues de ses propres modulations. Elle chanterait l'insuffisance de son amour et pour s'en consoler, elle se réfugierait dans le chant pour retrouver la vie et la plénitude perdue et lointaine de l'amour.

Jawad venait le vendredi soir sans jamais la rejoindre dans les coulisses. Elle se mit à attendre les vendredis, à guetter son arrivée. Elle lui adressait son chant et lui, applaudissait, sans autre signe que celui d'un parfait spectateur.

Un samedi, à la fin de la soirée, Anton la retint. Embarrassé et joyeux, il lui annoncerait une nouvelle, une bonne nouvelle, du moins pour lui.

– Jawad est venu me voir, commença-t-il.

– Quand? Où? Est-il là?

– Non, fit-il d'un sourire satisfait. Il est venu durant l'après-midi. Heureusement que j'étais là.

– Qu'est-ce qu'il veut? dit-elle d'un ton indifférent.

Elle tremblait de joie et d'appréhension.

– On a parlé de choses et d'autres.

– Très bien, fit-elle, à moitié fâchée.

– Il a parlé de toi. Il organise une fête pour son beau-frère, Hassan al Sayyab. C'est un chef de tribu de Dulaym. Chaque fois qu'il vient à Bagdad, c'est une suite de fêtes et de réceptions. Il retient et transforme le malha. On se croit en plein désert, sous la tente. Sa suite, ses frères, ses cousins, en aba, en costume de bédouins, l'accompagnent.

Pour masquer son exaspération, Farida ramassa son voile. Anton comprit qu'elle était à bout de patience.

– Il se demande si tu peux honorer la fête de ta présence. Il ne te demande pas de chanter, mais d'être là. Il a une maison à Sulaykh où il ne va qu'à certaines occasions. Sa famille habite à Haydarkhana. En été, il va à Sulaykh passer la soirée au bord du fleuve. Il fait assez chaud pour le mazkouf mais la fête se déroulera à l'intérieur.

– Je vais réfléchir.

– Farida, refuser serait le pire affront. Tu ne connais pas les...

Il allait dire les musulmans, mais s'arrêta à temps.

– Oui. Je les connais. Je les vois tous les soirs.

– Ce n'est rien ici. Jawad est le chef de la police et Hassan a un sens de l'honneur qui nous dépasse. Tu sais que pour un oui ou un non, ils jouent du poignard et du révolver.

– Je n'ai pas peur.

– Pas toi. Mais c'est moi qui écoperais. Farida, tu ne peux pas. C'est un honneur. Il t'invite. Rien n'arrivera. Son beau-frère! Tu imagines. Ta présence est le plus beau cadeau qu'il puisse lui offrir, cela n'a pas de prix.

Elle mit son voile comme pour cacher sa joie et son impatience.

Le taxi l'attendait à la fin de son premier tour de chant. Anton expliquera son absence à l'auditoire. Malgré ses airs mystérieux, ses mots couverts, il ne laissera aucun doute sur l'identité du personnage officiel qui l'invitait à sa fête. Et cela ne nuira pas au prestige du malha Al Zawraa.

C'était la première fois que Farida s'aventurait dans le quartier de Sulaykh. La vaste maison en bordure du fleuve lui sembla un palais. Des hommes en civil se tenaient à l'entrée. C'était la fin de l'hiver. Bientôt, on montera les lits sur les toits et on installera les ventilateurs. Ce soir, la brise à peine sensible donnait un avant-goût du vent chaud de l'été. Farida, voilée, pénétra timidement dans la cour. Dès son entrée, le brouhaha cessa. Jawad, assis au milieu d'hommes en kouffia et akal, se leva pour l'accueillir. Trois rangs d'hommes occupaient la cour, et les passages couverts menant aux chambres étaient encombrés de chaises où les femmes, toutes voilées de noir, s'entassaient. Faisant face aux hommes, Sami, entouré de trois musiciens, improvisait au oûd.

Jawad répéta plusieurs fois à Farida que sa présence était un honneur et, pour lui, une grande joie. Voulait-elle se reposer dans une chambre? Craintive, et soupçonneuse sur la nature du repos, Farida déclina. Sa chaise l'attendait entre Sami et Fouad, le joueur de nay. Elle retira son voile. Elle entrait en scène. Elle avait donc des droits qu'on n'octroyait point aux autres femmes, à la périphérie de l'assemblée masculine. Des domestiques, en nombre, faisaient la navette entre la cuisine et les invités, offrant les verres d'arak et approvisionnant la table d'assiettes de mazza.

Farida sentit les yeux des hommes et des femmes braqués sur elle sans qu'elle en fût intimidée, à sa surprise. Ce n'était pas le public du malha, des inconnus les uns aux autres, mais une famille, avec ses intimités, ses familiarités et ses complicités. Elle, l'étrangère, leur donnait le sens de ce qui les liait, par la joie commune, le plaisir réservé à leur intimité. Elle les sentait tendus. Fouad, le joueur de nay, se leva: «Mesdames et messieurs», commença-t-il; le silence s'installa. «Mesdames et messieurs, ce soir, nous nous honorons d'avoir comme invitée la chanteuse la plus populaire d'Irak et l'une des plus grandes chanteuses du Moyen-Orient, Farida Agha. Honneur insigne car c'est la première fois que la grande artiste consent à chanter ailleurs que sur la scène du malha Al Zawraa, dont elle est la vedette.»

Les applaudissements retentirent. Farida commença ses *ya laili* d'une voix basse, sourde, quasi blanche. Puis, petit à petit, les yeux à demi-fermés, elle s'oublia. Elle se tourna vers le fleuve qui lui semblait aussi lointain qu'un rêve, puis revenant à nouveau vers l'auditoire, ses yeux reconnurent ceux de Jawad, dans l'attente. Elle accéléra le rythme que son corps ponctuait. Elle crut lire une joie, une douceur inconnue d'elle dans le regard sombre de Jawad. Entraînée dans un tourbillon, elle invoqua le visage de Salim, incongru, hors d'atteinte, sans prise sur ce monde inconnu. Des musulmans, qu'elle avait côtoyés toute sa vie sans leur adresser la parole. Les hommes avec kouffia et akal, aussi étrangers que des Hindous ou des Américains, mais qui applaudissaient, criaient leur joie chaque fois que sa voix s'élevait puis baissait interminablement pour s'épuiser dans sa propre substance, et disparaître dans le silence, arrêt et promesse de reprise. Elle écoutait les applaudissments, reprenait son souffle, impatiente de recommencer. Jamais elle n'avait senti un public aussi proche et aussi subjugué. Il suivait ses gestes, obéissait à chacun de ses signes. Farida se sentit forte, sa puissance décuplée par le regard implorant de Jawad. Elle le devina prêt à toutes les folies, à toutes les aventures. Habituée à la passion silencieuse de Salim, à son amour sûr balisé d'une vie ordonnée, elle se crut envahie par l'appel vers l'inconnu, une route étrangère à toutes précautions, sans frayeur des précipices. Elle se sentit forte de sa victoire, assurée de l'ultime triomphe.

Elle vit Hassan Al Sayyab s'avancer vers elle, puis hésiter. Un petit garçon, se dit Farida. Sa voix rugissante, son aba et ses poignards ne l'effrayeraient point. Un petit garçon timide, qui pour la première fois de sa vie, parlerait à une femme.

Quand il fut devant elle, il s'inclina puis se dirigea vers Fouad à qui il fit l'éloge des musiciens. Fouad attribua le mérite d'une exécution parfaite à Sami auquel le Cheikh réitéra ses louanges. Sami, à son tour, louangea Farida et Hassan, s'enhardissant, le regard levé vers elle, se mit à exprimer son admiration et à la remercier en son nom et en celui de son beau-frère d'avoir accepté l'invitation de la famille. Farida, tête inclinée, répondit par une formule de politesse, puis son regard se perdit dans la salle, une manière de donner son congé au chef de tribu.

Sur une table était dressé un kouzi, un agneau au riz et tomates. Par ordre de préséances, les hommes se servaient, chacun invitant courtoisement l'autre à le précéder. Après la hiérarchie vint le fretin des invités qui dévasta la table. Les domestiques apportèrent un deuxième kouzi et à leur tour, les femmes vidèrent les plats. L'orchestre s'était tu, mais les autres bruits se firent assourdissants. Farida décida de chanter avant le service des desserts, baklawa et zelabia, puis de se retirer aussitôt après. À peine les hommes eurent-ils terminé leur repas, que Fouad commença les improvisations, suivi par Mourad, le joueur de kanoun, à son tour suivi de Sami. Et ce fut à nouveau l'orchestre au complet annonçant le second tour de chant de la chanteuse. Farida, debout devant sa chaise, commença ses *ya laili* d'une voix haute, les termina brusquement puis entonna *Ala dhafaef dejla merr*, une chanson de sa composition, puis des œuvres de Laïla Mourad et d'Asmahan.

Les applaudissements et les cris fusaient, hommes et femmes unis dans l'enthousiasme. Un auditoire différent de celui du malha, et qui était là pour la joie. Elle en dispensait les signes, et pour certains, la substance. À la fin de son tour de chant, elle s'esquiva. Elle était l'étrangère, non parce qu'ils étaient tous musulmans, mais parce que leur fête n'était pas la sienne. Tant qu'elle chantera, elle ne sera pas de la famille, d'aucune famille.

Jawad était à la porte. Il retint sa main dans les siennes, la pressa.

– La prochaine fois, tu viendras seule. C'est toi qu'on fêtera.

Elle baissa les yeux, sourit mais ne dit mot. Une voiture de la police la ramena à Karradah. Salim n'était pas là. Elle ressentit un soulagement d'être seule.

Le lendemain, un policier en civil l'attendait au malha. Il lui remit une boîte enveloppée dans une étoffe. Elle attendrait d'être chez elle pour l'ouvrir, à l'abri de la curiosité d'Anton. Le cadeau était offert par Jawad et par son beau-frère Hassan. Pourvu que Salim ne fût pas là. Elle s'en voulait cependant de souhaiter son absence, fût-ce dans son esprit. Il était déjà au lit, et Farida se donna à l'amour avec acharnement, comme si elle lui demandait pardon. Ce n'est que le lendemain qu'elle ouvrit la boîte. Deux bracelets en or, achetés chez un bijoutier juif. Elle en reconnut la qualité pour les avoir tant admirés aux poignets de sa tante.

*

* *

Selman Abdullah se leva plus tôt que d'habitude ce matin-là. Le service à la synagogue était précédé de selihoth. La ville avait vécu des jours tumultueux. Huit mois auparavant, le coup d'état de Bakr Sidki avait été accueilli avec soulagement, bien qu'on se posât encore des question sur la nature de l'événement et sur les démarches de ce militaire. Les nationalistes vitupéraient de plus en plus contre les Anglais. De jeunes officiers recevaient de l'ambassadeur nazi, le docteur Groba, des livres illustrés, des brochures de propagande dont certaines étaient rédigées en arabe. L'antisémitisme des nazis ne déplaisait pas aux nationalistes résolument anglophobes et plus encore opposés au sionisme. Les juifs avaient beau multiplier l'expression de leur patriotisme, nier tout rapport, tout lien, toute sympathie avec les sionistes venus d'Occident, ils demeuraient des juifs, c'est-à-dire suspects de manquer de loyauté.

Bakr Sidki fit taire ceux qui vociféraient le plus haut, mais il lui était impossible de réfréner les manifestations anti-sionistes. La communauté juive appréhendait l'anniversaire de la déclaration de Balfour. Il n'était certes pas question des juifs nés au pays, de la communauté indigène mais les esprits fanatiques, malveillants avaient tôt fait d'établir un lien entre juifs et sionistes. Seddiq Shanshal écrivait des éditoriaux enflammés dans *Liwa Al Istiklal* et même des nationalistes modérés comme Rachid Ali Al Kaylani ou Fadhel Al Jamali ne cachaient pas leur admiration pour le nouveau maître de l'Allemagne.

Et voilà le grand coup frappé. Bakr Sidki était assassiné: mort, il devenait le défenseur des juifs. Les manifestations se multipliaient. Des juifs y participaient ostensiblement, Irakiens parmi les Irakiens, aussi hostiles au sionisme que les nationalistes virulents. Lors d'une manifestation, deux juifs furent abattus. La communauté prit le deuil, et surtout, céda à la peur. Les protestations de patriotisme redoublèrent, on se terra à la maison le soir, et les conjectures allèrent bon train.

Jamil Al Madfaï, un autre militaire, prit le pouvoir, rétablit l'ordre, fit cesser les manœuvres d'intimidation. Dans son cabinet, les nationalistes étaient bien représentés. Rachid Ali Al Kaylani était là et Al Madfaï n'était pas tendre pour les sionistes, bien que moins véhément que les nouveaux adeptes du nazisme. Dans la communauté, on commenca à souffler. Ce nouveau gouvernement voulait faire régner l'ordre, et l'anti-sionisme était une anarchie due à une carence d'autorité. Les journaux furent unanimes dans leur opposition à un État juif et les dirigeants de la communauté abondèrent dans leur sens.

On oublia l'affaire Abdullah. Les jours, les semaines passaient. Salim s'installait dans la maison d'arrêt sans s'y faire. Les jours de visite, les lundis et les jeudis, sa mère ou Naji, parfois les deux ensemble, se rendaient à Bab el Mouadham, chargés de paquets. Devenu le pourvoyeur de cigarettes de nombre d'accusés et de gardiens, il en retirait privilèges et protection tout en évitant de jouer au nanti afin de ne pas éveiller l'envie.

La première visite de Farida le combla de joie tout en le plongeant dans la consternation. Était-il toujours le centre de sa vie? L'aimait-elle autant qu'au premier jour? Il avait accepté trop d'indignités, fait trop de concessions. Il ne voyait plus comment sortir du tunnel. Quand elle dévoila à demi son visage, il se demanda si la vie lui offrirait à nouveau le cadeau de ce corps, s'il sentirait à nouveau son parfum et sa chaleur, entre deux sommeils, au milieu de la nuit ou aux premières heures de l'aube. Il l'aimait éperdument.

– Comment vas-tu? Arrives-tu à dormir? Manges-tu à ta faim?

Ses questions, précipitées, empêchaient Salim de répondre.

– Je pense à toi jour et nuit, poursuivit-elle et, baissant la voix, je t'aime plus que ma vie.

Bouleversé, Salim ne savait s'il fallait accepter le bonheur ou pleurer sur son sort. Il était accusé de meurtre. L'avenir, c'était la prison à vie. Il le savait. Les avocats des Karkoukli avaient bien préparé leur coup. Son frère mort, débarrassé de Salim, Abraham pourrait enfin régner en chef. Il en voulait à Salim d'avoir été l'allié de Sasson, qui le méprisait, le traitait de haut. Et voilà que Farida apparaissait, l'assurait de son amour, et il était l'homme le plus heureux. Il avait envie de pleurer.

– Quand serons-nous à nouveau ensemble?

Il ne lui en voulait plus. Il suffisait qu'elle fût là pour que tous ses ressentiments, ses colères, ses rêves de vengeance soient balayés. Certaines nuits, au comble du désespoir, il souhaitait ne l'avoir jamais connue.

– Salim, je ne peux pas vivre sans toi. Tu sortiras d'ici. Quoi qu'il arrive, tu sortiras d'ici.

Elle ne chantait plus que trois fois par semaine au malha. Elle était de tous les mariages juifs. Anton fit faire des disques de ses chansons. Disques à succès, on les passait à la radio. Le poste de Kasr el Zehour qui émettait du palais du Roi en fit sa vedette. Un jour, un juif égyptien, producteur de films au Caire, l'invita à dîner à l'hôtel Zia où il logeait. Farida refusait toute invitation masculine quel qu'en fût le prétexte, mais Albert Sarfati était accompagné de sa femme. C'était le début de l'été, et Farida avait l'impression de découvrir le fleuve, elle qui habitait sur ses bords. Safarti la couvrit de louanges pour conclure que Bagdad était trop petit pour elle, que sa place était au Caire, où elle avait toute les chances d'être une star de cinéma, que sa réputation s'étendrait dans toutes les contrées arabes, de Tunis à Sanaa. Elle se dit flattée, elle réfléchirait. Elle avait Salim et elle avait Jawad. Chanter, c'est tout ce qu'elle désirait. N'avait-elle pas la force, l'énergie pour aller ailleurs? Elle ne se posait pas la question. Sa vie lui suffisait, même si Salim n'était pas heureux. «Rien n'est changé, lui répétait-elle. Je t'aime comme au premier jour.» Comment la croire? Tout concourait à le dissuader. Mais, dès qu'ils étaient ensemble, ils finissaient par retrouver leur bonheur du premier jour.

Jawad était le parfait amant. Elle avait des cousins, des frères; elle les voyait; il lui laissait cette partie de sa vie, car à vouloir trop s'y introduire, il serait amené à fréquenter les juifs. Il ne pouvait pas se le permettre. Il recevait avec courtoisie les notables de la communauté. Certains lui offraient des cadeaux. C'était le métier. Il pouvait aussi avoir une maîtresse juive, l'installer dans une maison, lui fournir, des rangs de la police, domestiques et gardiens. Mais il ne pouvait s'afficher avec elle. «Ton beau-frère Hassan est très gentil avec moi», lui dit-elle un jour.

– C'est mon beau-frère. Il aime la chanteuse. Farida, la femme, est intouchable. Il sait fort bien que je ne permettrais pas qu'on l'oublie.

Elle ne pouvait pas compter sur lui pour sortir Salim de sa prison.

Jawad venait à la maison de Sulaykh une ou deux fois par semaine. L'après-midi, parfois le soir. Il y passait rarement la nuit. Les autres jours, elle était libre de ses mouvements, de chanter, d'aller dans «sa famille» à Karradah. Il ne parlait jamais de son travail. Elle savait pourtant que les jours de manifestations, tendu, soucieux, il venait chercher auprès d'elle un répit, et peut-être une certitude. Il ne disait jamais de mal des juifs, qu'il admirait, mais de loin. Les Kurdes méprisés, craints, étaient sa hantise.

Il l'aimait, dans une certaine mesure. Il ne ferait pas de folie pour elle. Farida ne l'aimait pas. Elle en était sûre. Contente qu'il fût là, elle avait plaisir d'être avec lui, de sentir son corps contre le sien. Il lui apportait la sécurité bien que, souvent, elle le trouvât puéril. Un nerveux qui prenait des allures d'homme de fer. Aimait-il vraiment commander, donner des ordres? Il savait qu'il ne pouvait s'imposer à elle que par la douceur, et elle faisait tout pour ne pas porter atteinte à sa dignité.

Après la soirée en l'honneur de son beau-frère, il avait attendu une semaine pour donner signe de vie. Il envoya un soir son chauffeur la chercher au malha. Il l'attendait seul. Il n'était pas en uniforme. Moins imposant, mais plus accessible. Farida le trouva beau. Son désir, direct, animal, renonçait à user de brutalité. Il ne fit aucun geste vers Farida, mais dit brusquement:

– Cette maison est à toi.

À la fois gêné et grand seigneur, il la précéda dans le jardin intérieur et jusqu'à une porte fleurie de jasmin qu'il ouvrit:

– C'est ta chambre.

Tout était prêt. Un lit de bois, des fauteuils, un canapé au dossier canné, une coiffeuse surmontée d'un énorme miroir; «On se croirait au cinéma», se dit Farida. Elle allait de surprise en surprise. Sur les murs, des photos encadrées de Jawad. Par terre, des tapis de Tabriz, un Ispahan. La coiffeuse regorgeait de flacons de parfum. Il a dû les acheter à Orosdi-Back, se dit-elle. Les magasins où elle n'aurait jamais osé mettre les pieds auparavant.

Mais depuis qu'elle avait commencé à chanter au malha, elle avait pris l'habitude d'y acheter tous ses vêtements. La grande armoire la sollicitait. Jawad avait un petit sourire espiègle, triomphateur, qui devenait subitement incertain. Elle leva les yeux vers lui. Il y lut son consentement, mais savait qu'elle allait y mettre les formes.

– C'est de la folie. Comment as-tu pu penser?

– Ce n'est qu'un hommage à la plus grande des chanteuses. Je ne te demande rien.

– Je ne peux pas accepter.

Et c'est elle qui se blottit dans ses bras.

– C'est de la folie, répéta-t-elle.

– Tu sais, dit-il, l'homme fait partie de la maison. Tu ne peux le chasser.

– Je n'en ai aucune envie, dit-elle en détournant le visage, étonnée de sa déclaration.

Elle le voulait, cet homme. Pas comme Salim. Lui, c'était autre chose. L'amour, le cœur, l'âme. Tout. Jawad, c'était le luxe, la gourmandise. Ils se déshabillèrent à la hâte et se mirent au lit. Et cet homme d'action, ce chef, intimidé, attendait tout d'elle. Sûrement habitué, pensa Farida, aux prostituées qui ne laissent aucune initiative au mâle. Comme si elle n'était pas elle-même... Mais l'idée ne l'indignait pas, ne lui semblait pas honteuse. Elle n'avait plus d'honneur. Elle l'avait perdu depuis longtemps, depuis le moment où elle avait répondu au regard enflammé de Salim. Plus rien à perdre. Autant se donner à sa joie, à son plaisir. Et Salim? Elle l'aimait et n'aimera que lui, mais son amour débordait. D'être avec Jawad momentanément n'était qu'une preuve de cet amour, de l'insuffisance de deux corps et du bonheur d'être libre du corps. Tout était confus dans sa tête mais elle était heureuse. Comment pouvait-elle pu être si heureuse et dans l'erreur? Elle expliquerait à Salim, et il comprendrait puisque lui aussi l'aimait, et que son amour débordant étouffait dans son corps.

Le lendemain matin, tout était prêt dans la salle à manger. La crème, le miel, le thé. La maison n'était pas vide. Une cuisinière arménienne, une femme dans la soixantaine, et une bonne, une Kurde dans la vingtaine, qui parlait avec son drôle d'accent.

Le maître se tenait sur la réserve. Il attendait que Farida lui servît la crème, lui versât le thé, et elle le faisait avec joie. La nuit était enfouie dans l'ombre. On n'en parlait pas.

À huit heures, le chauffeur était à la porte. «Il avait tout prévu», se dit Farida, admirative et fâchée d'avoir été si facilement prise au piège. Jawad se leva, la regarda non pas d'un regard amoureux, passionné, mais du regard d'un homme reconnaissant, heureux, comblé, et ce regard la rassura. Impossible de lui en vouloir. Généreux sans compter. Cependant elle savait que son animosité la guettait si elle ne répondait pas à ses dons, s'il n'y avait pas d'échange entre eux. Et elle ne perdait rien à le faire. Elle aura deux maisons. Karradah, c'était Salim, la vie, l'amour, et aussi la famille. Sulaykh, à l'autre extrémité de la ville, c'était le luxe, et même si elle ne se l'avouait pas, la protection, l'armure. Qui oserait l'approcher désormais? Jawad serait là. Son nom suffirait à la rendre intouchable. La grande chanteuse, la maîtresse, la protégée du chef de la police.

Pour lui, c'était l'inattendu. Une femme belle, jeune, tendre et prévenante, toujours disponible et sans aucune vénalité. Sa présence lui plaisait, elle aimait son corps. Jamais elle n'avait imaginé qu'un musulman, et de plus un musulman portant l'uniforme, serait si semblable aux hommes de sa famille, qu'il aurait besoin d'elle, dépendant de son humeur et même de ses caprices.

De source officieuse, elle apprit que la maison avait eu une vie antérieure à son arrivée, un cadeau en reconnaissance de services rendus. D'abord destinée à servir de maison d'été à la famille de Jawad, celle-ci, femme et enfants n'ayant aucune envie de quitter la résidence de Haydarkhana, Jawad n'avait pas insisté, réservant la maison à un autre usage. D'abord, pour des fêtes de famille, ensuite, pour des réunions amicales d'officiers et chuchotait-on, surtout pour le séjour d'une invitée qui y restait pour une semaine ou deux. On faisait allusion à une danseuse turque de passage, puis à une Libanaise. Mais maintenant, la maison ne connaissait pas d'autre occupante que Farida, la maîtresse absolue. Jawad évitait même de donner des instructions à la cuisinière, à la bonne.

Farida eut beaucoup de mal et fit preuve d'autant de patience que de doigté pour essayer de faire accepter à Salim les nouvelles conditions de leur vie. Elle avait maintenant sa propre maison. Cadeau d'un admirateur. Salim, bouleversé, s'enfuit de Karradah en pleine nuit. Jamais il ne reverrait Farida. Cependant une semaine plus tard, il retournait à Karradah. À son grand désespoir, Farida avait vidé les lieux à l'exception de quelques rares vêtements et produits de beauté.

Il n'arrivait plus à travailler, ni à dormir. Sasson lui suggéra de faire signe à Nadia, pour oublier, pour se divertir. Salim en avait le dégoût rien que d'y penser. Il préférait passer ses soirées seul à Karradah, à rêver de Farida, à revivre des moments précieux. Il s'appliquait à imaginer ses gestes, ses inflexions de voix, et se refusait à faire jouer ses disques.

Un soir, en rentrant, il trouva Farida, assise dans son fauteuil habituel; il se précipita vers elle, toutes résolutions balayées. Farida pleurait. Serrée contre lui, elle touchait son visage, son dos, ses bras, comme pour se rassurer qu'il était là, tout entier, comme si elle découvrait son corps pour la première fois. Il pleurait lui aussi. Ils restèrent longtemps ainsi, puis comme des somnambules, sans dire un mot, ils se déshabillèrent et se retrouvèrent au lit. Il y avait dans leurs gestes autant d'acharnement que de douceur, de brutalité que de tendresse. Allongée sur le dos, les yeux fermés, Farida laissait les mains de Salim l'envelopper puis, d'une voix mal assurée, elle se mit à parler.

– J'ai failli plusieurs fois me suicider cette semaine, je te le jure, Salim. Il n'y a plus rien pour moi sans toi. Ni vêtements, ni bijoux, ni argent, même le chant ne me faisait pas oublier ton regard de colère et de refus. Je t'aime, Salim. Il n'y a et il n'y aura personne d'autre que toi. Je suis chanteuse et je dois accepter les conditions de ma route. Mais sans toi, sans ton amour, aucune vie n'est possible. Si tu me refuses, je ne pourrai même plus chanter. Ou la vie avec toi ou pas de vie du tout.

Salim était heureux de la retrouver pour poser des conditions, «Quitte tout, aurait-il envie de dire. Marions-nous. Ayons des enfants. Faisons comme les autres.» « Mais nous ne sommes pas comme les autres, Salim. Donne-moi un seul exemple d'un homme et d'une femme qui s'aiment comme nous nous aimons. En dépit de tout.» S'il acceptait son retour, ce serait à ses conditions à elle. Il éprouvait aussi de la pitié. Car elle n'était pas libre, en dépit de ce qu'elle croyait. Prise dans un engrenage. Il avait pesé le pour et le contre durant cette semaine. Tout lui dictait de changer de vie. La raison, la famille, l'avenir. Mais il n'en avait pas la force. Une heure avec Farida et tous les malheurs, tous les désespoirs disparaissaient. Il savait tout d'elle, même l'identité de l'autre homme. S'il acceptait son retour, il était nécessaire que rien ne fût dit, qu'il ignorât l'existence du musulman, c'est-à-dire qu'il l'acceptât en silence. Ce qu'elle lui disait lui était connu; elle avait besoin d'un protecteur; Jawad n'était qu'un admirateur, il ne comptait pas. C'était vrai mais comment juguler sa jalousie sinon en s'absentant volontairement d'une dimension du réel, en ne gardant que ce qui convenait à son amour sinon à son bonheur. Avait-il le choix? Et si Farida avait été une femme mariée, une musulmane qui ne pouvait pas épouser un juif? Pour la garder, il aurait accepté l'autre homme. Le malheur s'était abattu sur son amour et n'avait fait que l'amplifier. Le bonheur lui était désormais compté. Des moments, des heures volées au travail, aux nuits du malha, aux autres.

– Moi non plus, je ne peux pas vivre sans toi, dit-il. J'ai essayé, mais c'est impossible.

Depuis ce jour, une partie de la vie de Farida se déroula dans l'ombre d'une barrière infranchissable. L'autre maison n'existait que par allusions nécessaires.

– J'irai à Sulaykh demain, disait-elle. Et c'était sans réplique.

– Seras-tu demain chez nous? demandait-elle comme pour créer une intimité nouvelle, susciter une autre complicité. Pour Salim, le bonheur était devenu clandestin, des moments volés à l'adversité. Retranché d'une partie du réel, il se sentait déjà envahi par l'absence, l'oubli, qui gagnaient du terrain.

Jamais il n'avait parlé ouvertement à Sasson; celui-ci, au début de son mariage, évitait tout ce qui pouvait déplaire à Najiah. Tout le monde savait tout de la vie secrète de Salim. On se taisait pour ne pas faire preuve d'hostilité, car en ignorant tout ce scandale, on n'avait pas à prendre position. Autrement, ce serait la fin d'une amitié ou des rapports sociaux. Sasson se refusait à parler de la vie scandaleuse de Salim.

Le bruit s'était vite répandu que Farida était désormais la protégée de Jawad Hachem. Elle n'était donc pas celle de Salim. Les langues se déliaient et, pour Salim, chaque remarque était une blessure. Il jouait toujours l'ignorance et l'indifférence. Par affection et pour marquer qu'elle croyait terminée la liaison de son frère, Najiah proposa un soir à son mari, en présence de Salim, d'aller entendre Farida au malha. Sasson sauta sur l'occasion pour inviter Salim à les accompagner. Comme le prévoyait Najiah, son frère refusa, mais il avait compris. Le nom de Farida n'était plus un anathème. Ce n'était pas le cas pour Khatoun, volontairement sourde et aveugle pour tout ce qui touchait à Salim. Fière de sa réussite, elle avait cependant abandonné tout espoir de le marier à une jeune fille riche et de bonne famille.

Un soir, venu chercher Farida au malha, Salim y trouva Sasson, seul.

– Je partais, dit celui-ci.

– Que fais-tu ici? dit Salim avec emportement.

– Je suis venu écouter la musique, répondit-il, gêné et il partit immédiatement.

Au malha, personne n'approchait Farida. Un territoire réservé au chef de la police. Salim passait en second. On le savait détrôné, donc, quelque peu méprisable. Pour un peu, si Farida s'occupait d'autres hommes, on le classerait parmi les kawads, les entremetteurs. Dans l'établissement, on n'avait plus, pour lui, la déférence d'antan; s'infiltrait un soupçon de connivence.

Deux semaines après cette rencontre, rentrant tard la nuit à Karradah, Salim aperçut Sasson près de la maison. Ce soir-là, Farida était à Sulaykh.

– Je t'attendais, dit Sasson.

– Un malheur dans la famille? se demanda Salim.

Depuis qu'ils avaient obtenu la concession de la viande cachère, les deux associés, qui n'avaient pas abandonné leur entreprise d'import-export, roulaient sur l'or.

– Je voulais te parler de la lettre de la Midland Bank.

– Quelle lettre? s'écria Salim en colère. Tu me relances ici pour me parler d'une lettre? Je viens à peine de quitter le khan.

– Je ne savais pas. J'étais à l'abattoir.

– Que viens-tu chercher ici? Ce n'est pas moi que tu espérais trouver.

– Ne te mets pas en colère.

– Tu es un traître, un sale type sans conscience.

– Pour qui te prends-tu pour me parler ainsi?

– Si jamais je te trouve à rôder ici, je te tue. Je te le répète. Laisse Farida tranquille.

– Elle n'appartient à personne, Farida, dit Sasson, cherchant à plaisanter.

– Sasson, je te répète, si jamais tu cherchais à toucher Farida, je te tue.

– Calme-toi. Tu parles comme un bédouin.

– Va-t-en. Et vite.

Au bureau, Salim ne parlait qu'affaires et travail. Sasson essaya de l'entraîner un soir: Najiah le réclamait, lui dit-il. Salim ne voulait voir personne. Il ne trouvait de détente qu'avec Farida qui multipliait les marques d'affection, de tendresse et d'amour.

Parfois, seul à Karradah, il se disait que cela ne pouvait pas continuer ainsi. Il rêvait d'une retraite, d'un départ. Loin, très loin, là où personne ne le connaîtrait, et où il ne connaîtrait personne. Il en voulait à Farida, mais dès qu'il la retrouvait, il ne lui disait que sa joie et son amour. Elle n'avait jamais été aussi tendre. Voulait-elle se faire pardonner? Nulle trace de culpabilité. Salim croyait découvrir autre chose dans sa transformation. Elle n'attendait plus rien. Depuis qu'elle avait refusé l'offre de Sarfarti, elle semblait sans ambition. Salim, c'était le repos, la halte. Ils avaient un passé en commun, et elle ne pensait pas à l'avenir. Elle épuisait chaque moment de sa présence. Docile, elle se pliait à ses moindres désirs. «Es-tu heureux avec moi?» lui demandait-elle, suppliante. «Oui, oui», répondait-il, toutefois sans assurance. Pourquoi toujours vouloir plus? Il n'attendait d'autre bonheur que celui-là. Mais il était toujours au seuil de ce bonheur, sans certitude de durée. Pourquoi le moment le plus plein n'est-il jamais suffisant, ne prend-il sa véritable dimension que dans la mémoire et l'imagination qui l'amplifient, l'embellissent, et le rendent hors d'atteinte?

À la maison d'arrêt, en dépit de son abattement des premiers jours, il avait été soulagé. Puis l'impatience de retrouver Farida le rendait fébrile. Elle lui rendit visite, et tout lui semblait à nouveau possible. Elle ne lui demanderait jamais s'il était coupable ou innocent. La question ne se posait pas. Du moins, entre eux, elle ne se posait pas de cette manière. Ils ne revinrent jamais, ni l'un ni l'autre, sur l'événement qui, une semaine auparavant, avait tout fait basculer. Salim était rentré à Karradah plus tôt que d'habitude. Farida était déjà revenue du malha. La maison était tout illuminée. De la porte, il entendit un rire d'homme, et reconnut celui de Sasson. Incapable de bouger, s'abattirent sur lui non seulement la colère, mais la rage de l'impuissance, et une immense tristesse. Ainsi, Farida... Sasson, son beau-frère, son associé... Il eut envie de rebrousser chemin, d'errer dans les rues, mais il n'en avait pas la force. Il entendit la voix de Farida, ses mots indistincts et, à nouveau, l'éclat de rire de Sasson.

Pris d'une subite énergie, il introduisit sans bruit la clef dans la serrure. À sa vue, Sasson, livide, se leva et ébaucha un pauvre sourire:

– Salim.

De la cuisine, Farida demanda: «C'est toi, Salim?» Elle accourut, l'entoura de ses bras.

– Mon amour.

Il se dégagea, et sans un mot, indiqua d'un doigt la porte à Sasson. Celui-ci gagna la sortie sans regarder Farida. Salim leva le bras comme pour le frapper, mais Sasson s'était déjà esquivé.

Salim, lourdement, s'affaissa dans un fauteuil et se couvrit le visage de la main; Farida attendit un moment, puis commença d'une voix étouffée.

– Je te jure Salim, sur mon âme, sur mon amour, sur ma tête, que Sasson ne m'a pas touché le petit doigt. Salim, crois-moi, je ne laisserais aucun homme me toucher, Salim...

Ses larmes coulaient. Salim la regardait comme un objet indécis, superflu.

– Salim, je t'en prie, sur notre amour. Il faut que tu me croies.

Sans un regard, il se leva, se déhabilla, se mit au lit, puis couvrit ses yeux de son bras.

Allongée sur le dos, Farida n'osait pas le toucher.

– Je suis rentrée plus tôt. J'étais impatiente, je voulais te voir. J'ai tellement peur de te perdre, et le pire, c'est que tu t'éloignes volontairement de moi.

Elle se tut. Salim, à ses côtés demeurait immobile.

– Je voulais te faire une surprise. Tout préparer pour demain matin, pour que nous restions plus longtemps ensemble. Sasson était venu au malha avec ta sœur. J'ai accepté de les voir. Ta sœur et ton associé. Ils m'ont fait jurer de ne pas t'en parler. Je ne comprends pas toujours, mais je fais tout pour te garder. Il est revenu, une semaine plus tard, seul. Il me demanda d'abord où tu étais. Puis, embarrassé, ne sachant comment le dire, il insinua que puisque j'étais disponible, que je ne t'appartenais plus corps et âme... Je l'ai renvoyé, sans trop le brusquer, c'est ton associé et ton beau-frère. Ce soir, je l'ai trouvé devant la maison. Il avait quelque chose d'urgent à te dire, et ne savait pas où te trouver. Je ne pouvais pas le laisser dans la rue. Tu allais venir. Je n'ai pas réfléchi. Il faut que tu me croies mon chéri.

Le lit était-il tel qu'il l'avait laissé la veille? Il l'avait défait trop vite. Il verra, à la lumière de l'aube, si tout est en place, les vêtements, les chaises. Salim s'assoupit et se réveilla en sursaut quand le pied de Farida effleura sa jambe. Il fit semblant de dormir, le pied gagnait furtivement du terrain. Son désir le trahit. La main de Farida descendit de l'épaule vers le ventre, puis saisit son désir en pleine force. Et ce fut le débordement. Farida se sentit à nouveau voulue, et, sans un mot, leurs corps se rejoignirent. Ils s'étreignaient avec emportement pour repousser les mots et ce qu'ils entraînent de doutes et de soupçons. Il n'y a de vérité que dans les corps, lui avait dit Salim un jour. Il se trompait; le corps est multiple, aussi incontrôlable que l'imagination la plus débridée, aussi incertain et aussi peu fiable que le rêve. Elle pensait à Jawad, et en eut de la compassion pour Salim, de la pitié pour elle-même et pour lui. Elle cherchait dans les caresses une douceur, une revanche, contre la trahison du corps et de l'esprit. Elle se rendait compte qu'elle laissait partir Salim, qu'il la quittait, et que rien, pas même son corps, ne pouvait le retenir. Pauvre Sasson. Que croyait-il? Qu'elle était une fille de Meydane? L'idiot. Puisqu'elle acceptait Jawad, pourquoi pas lui? Malhabile en paroles, c'était pourtant aveuglant, ce qu'il voulait. Un associé, un beau-frère. L'ami de toujours. Comment rassurer Salim qui voit les trahisons converger de toutes parts? Pouvait-elle être sûre de son amour quand elle était incertaine des dictées de son corps et des fluctuations de son cœur? Pour Salim, Jawad était l'inconnu, hors d'atteinte, sans visage. Le nom de l'homme était tabou et toute allusion à son existence évitée. À tout moment, Salim, excédé, pouvait la quitter. Redoublant de tendresse pour préserver son amour, elle n'osait s'avouer contente de le provoquer, car l'amour de Salim était-il toujours vivant malgré les humiliations et les blessures?

Elle aurait pu chasser Sasson, mais elle avait ri de ses plaisanteries frisant la grossièreté. Avait-elle souhaité honteusement l'affrontement des deux hommes? Sasson lui était parfaitement indifférent. Elle pourrait le remettre à sa place à tout moment. Elle se demandait si, petit à petit, Salim ne se réduisait pas à une compensation, à une habitude prise pour une fidélité, une opiniâtreté qu'elle prétendait être un sentiment. Était-elle heureuse avec lui? Son absence était, par contre, le comble du malheur. Jawad, c'était le divertissement, une tendresse à fleur de peau, le plaisir et l'assurance d'un appui. Présence fortuite et utile, nullement indispensable. Elle chantait pour se retrouver, et il y avait dans son chant une tristesse, une irritation nouvelles.

Un soir, Salim, arrivé au malha avant la fin de son tour de chant, sentit en lui une impatience exaspérée; sans espoir, il ne savait plus qu'attendre. Que lui cachait-elle? Une part d'elle, une part de son amour lui échappait, logeait dans une terre interdite dont il restait toujours en bordure.

Au bureau, il était devenu exagérément attentif au travail. À l'abattoir, il arborait un sourire courtois, figé. Le lendemain de leur rencontre à Karradah, il avait dit à Sasson, les dents serrées, en plein bureau: «Je te tuerai. Gare à toi si tu recommences.» Sasson avait accueilli ses menaces d'un rire gêné, tentant à pallier le conflit aux yeux des employés.

Effrayé, il se demanda s'il ne fallait pas faire intervenir Najiah. Mais comment expliquer sa présence à Karradah? Najiah parlait de trouver une fiancée à son frère. Farida n'était qu'un divertissement de jeunesse qui avait un peu trop duré. Tous les hommes passent par là.

Et puis, Farida n'était-elle pas demeurée immuable? Jawad avait d'autres pouvoirs. Sasson attendrait quelques jours pour dire à Salim que c'était un malentendu, qu'il n'avait nullement l'intention d'approcher une femme qui, d'ailleurs, ne voulait pas de lui.

Mais Salim était blindé. Impossible de le faire écouter. Il était absent à tout ce qui n'était pas les affaires.

Une semaine plus tard, on arrêtait Ismaïl Hassan, le poignard à la main. Sasson gisait, mort, ses vêtements éclaboussés de sang.

*

* *

Quand Nouri Al Saïd succéda à Jamil Al Madfaï comme chef de gouvernement, les juifs soupirèrent de soulagement. On laissait entendre que ce premier ministre, d'origine kurde mais complètement arabisé, mettrait fin aux soulèvements des tribus kurdes du nord, qu'il tiendrait l'armée dans une poigne de fer et surtout, sans les favoriser ouvertement, qu'il protégerait les juifs contre les excès outrés des nationalistes. Certains chefs de la communauté rappelaient que cet homme, ancien élève de l'école de L'Alliance Israélite Universelle, vouait une grande admiration aux juifs. Nul ne savait en quelle année, mais cette rumeur rassurait.

Le nouveau gouvernement passa aux actes. Le harcèlement administratif des juifs cessa, et la rue redevint paisible. À nouveau, on célébrait en grande pompe mariages, fiançailles, bar mitsvah, et on pouvait rentrer tard chez soi sans encombre. Seddiq Shanshal et Faïek Al Samarraï continuaient d'écrire des articles enflammés en faveur des nationalistes palestiniens et ne dissimulaient pas leur admiration pour le nouveau maître purificateur de l'Allemagne.

Un matin, le pays fut plongé dans le deuil. Au milieu de la nuit, le jeune roi Ghazi, monté sur le trône six ans auparavant, se tua dans un accident de voiture. Les juifs vouaient un culte à son père Feyçal. Leur ami. Il avait conclu un accord avec le sioniste Weizmann et sa photo en compagnie du dirigeant juif ornait le salon de maintes familles. Ghazi, jeune, impulsif, était indifférent aux juifs. Contrairement à son père qui fréquentait certains dignitaires juifs, on ne lui connaissait aucun ami dans la communauté. On chuchotait que, secrètement, il était en sympathie avec l'Allemagne, et que le jeune nationalisme, même ouvertement pro-nazi, avait gagné sa faveur. La rumeur persistante lui prêtait une vie dissolue: beuveries, innombrables maîtresses dans de nombreux palais. L'une de ses favorites serait même juive. Même confirmé, ce fait n'apporterait aucune preuve, encore moins la garantie d'une secrète amitié pour la communauté.

Celle-ci fut frappée de stupéfaction et de la peur de l'inconnu à l'annonce de sa mort. Tout changement subit suscitait l'inquiétude parmi ses membres. Tout pouvait arriver, y compris une prise de pouvoir par ceux qui ne dissimulaient pas leur hostilité envers les juifs. Et les ragots sur les causes et effets de cette mort allaient bon train. Les autorités avaient pris soin de publier des photos du lieu de l'accident et de la voiture détruite. On continuait de se perdre en conjectures. La plus fréquente: la main invisible des Anglais. Ceux-ci avaient bon dos. Tout-puissants, ils agissaient souvent dans l'ombre. Qu'il y eût un soulèvement de Kurdes ou une mutinerie dans l'armée, on pouvait toujours remonter aux sources. Kornwallis, le haut-commissaire britannique devenu ambassadeur, était un véritable diable qui tirait toutes les ficelles du gouvernement. Il aurait ordonné la mort du jeune monarque, condamné par les Anglais pour ses sentiments germanophiles et anglophobes. D'autres bruits s'attachaient à la partie obscure de la vie du jeune roi: la boisson et les femmes, auxquelles s'ajoutait un plus récent vice: les voitures. Ghazi était au volant, contrairement aux usages et règlements de la cour, quand il heurta un arbre. Il sortait des bras d'une maîtresse et se dirigeait vers la résidence d'une autre. La juive. Punition céleste? L'alcool faussait sa conduite, mais c'est d'abord le doigt de Dieu qui acculait cet ennemi des juifs à sa perte.

La radio émettait un mélange de musique militaire et d'incantations coraniques entrecoupé de nouvelles de la lecture des condoléances qu'adressaient les dirigeants et les chefs de tribus à la famille royale, ainsi que l'assurance de leur ralliement au nouveau roi.

Feyçal II, le fils de Ghazi, n'était qu'un enfant. Aussi, en attendant sa majorité, son oncle, Abdul Ilah serait le régent. La communauté attribuait à ce dernier des amitiés juives. On ne lui connaissait aucune sympathie pour les nazis. Les nationalistes le considéraient comme un docile serviteur des Anglais et le propagandiste irakien de Radio-Berlin, Younes Al Bahri, le traitait de laquais, alors qu'il qualifiait son oncle, le roi Abdullah de Jordanie, de Hakham Abdullah.

La haine des nazis rassurait les juifs. Abdul Ilah ne leur serait pas hostile. La vie reprenait son cours. On retrouverait le calme, les rues paisibles, la nuit.

Salim ne décelait dans la lecture des journaux aucune indication de changement d'état pour lui. Prisonnier, il ne pouvait attendre sa délivrance d'un bouleversement de régime. Le statu quo des juifs, les policiers remplissant les mêmes fonctions, rien n'avait changé.

À sa dernière visite, Farida semblait inquiète. Le malha était fermé, le pays étant en deuil. Avant de le quitter, elle répéta cependant comme d'habitude:

– Quoi qu'il arrive, tu ne resteras pas là.

Il la crut. Il n'avait pas le choix.

*

*   *

Quand Farida déménagea à Sulaykh, elle se voyait comme l'invitée, à attendre la visite du maître. Sa maison à elle était celle de son amour, à Karradah.

À Sulaykh, elle était entrée dans une maison déjà habitée. Une cuisinière, une femme de chambre et, en alternance, deux gardiens détachés de la police, veillaient sur sa personne et la maison de leur chef. Jawad lui en avait remis les clefs. Elle mit longtemps à donner des ordres. Sa vie au malha lui apprit à imposer sa volonté. L'arrestation de Salim lui donna conscience du déroulement de sa vie et de sa solitude. Elle se rendait périodiquement à Karradah. La femme de ménage s'occupait-elle bien de la maison? Nulle part ailleurs qu'à Karradah n'était sa demeure. Avec Naji, elle s'occupait des affaires de Salim. Celui-ci savait que, condamné, ses propriétés seraient mises sous scellés. Il établit des chèques au nom de Farida, et chaque semaine, elle déposait cet argent à son compte à elle. Elle tenait soigneusement compte des opérations. Au fur et à mesure que les témoignages accablaient Salim, elle élaborait ses tactiques et sa stratégie. Quand il disait qu'il serait condamné, espérant qu'elle le contredirait, elle ne riait plus de ses peurs. Elle se contentait de répéter qu'il n'irait pas en prison. Cette affirmation semblait recouvrir un mystère de plus en plus opaque.

Depuis que la maison de Karradah n'était plus un lieu de repos et de passion, mais un endroit de passage visité à la sauvette, Farida se prit à regarder, pour la première fois lui sembla-t-il, la maison de Sulaykh. Jawad ne venait plus qu'une fois par semaine, et passait rarement la nuit avec elle. Son amour s'était-il affaibli? Ou disait-il la vérité quand il prétendait que ses occupations l'accaparaient?

Au début, des deux gardiens, Fahim et le Sadeq, c'était à celui qui montrerait le plus de zèle, mais, à la longue, quand les visites de Jawad se firent plus rares, ils partaient tôt le soir et elle demeurait seule avec la cuisinière et la bonne.

Fahim habitait avec sa femme et ses trois enfants à Kadhimayn. Originaire de Nasseriyah, il était dévoué à Jawad. Ce visage fermé, plissé par le soleil, inspira d'abord une certaine crainte à Farida. L'autre gardien, Sadeq, logeait avec sa femme et ses deux enfants chez ses parents à Bab el Sheikh. D'apparence malingre, bien qu'il fût fort et résistant, son regard fuyant ne lui inspirait pas confiance.

Anissa, la cuisinière, remettait ses gages au complet à sa fille, veuve de trente ans, qui élevait seule ses deux enfants. Une femme craintive mais déterminée, et d'une grande générosité. La bonne kurde, Jamila, avait l'air un peu demeurée, mais Farida se rendit compte que ce n'était pas manque d'intelligence, mais que l'arabe lui était une langue étrangère. Jouer les innocentes lui procurait une liberté qui lui serait autrement interdite. Farida la surprit à se présenter sans voile devant des vendeurs ambulants, des livreurs. «Elle finira mal», se dit-elle, sans savoir ce que cela voulait dire avec précision.

Un jour Fahim arriva en retard. Pourquoi habitait-il si loin? Il ne pouvait se payer les loyers de Sulaykh. Farida lui offrit alors une dépendance de la maison au bord de l'eau qui servait de débarras.

Elle fit part à Jawad de ses intentions, de ses peurs en son absence, et Jawad l'approuva sans hésiter. Sadeq, devenu superflu, Jawad l'assigna à la circulation. Quant il était de service à Bab el Mouaddam, Farida, en route pour le malha, faisait ralentir le taxi pour le saluer.

Quand Jawad mentionna que sa sœur cherchait à nouveau une bonne, Farida sauta sur l'occasion. Nul besoin de Jamila. Encombrante, même. La cuisinière suffisait et au besoin, la femme de Fahim, Zahra, pourrait donner un coup de main.

Farida se sentait seule. Parfois, Jawad venait passer deux heures avec elle. Fatigué, soucieux, il se contentait de l'embrasser et de boire un verre d'arak. Puis il se retirait, un peu gêné, comme honteux d'une insuffisance, et retournait à sa femme et à ses enfants. Au malha, Farida n'avait plus rien à prouver. Même quand elle chantait mécaniquement, les ovations n'étaient pas moins bruyantes. Son esprit était ailleurs, et elle méprisait le public qui n'y voyait que du feu. Elle n'était pas dans la détresse. Il y avait Jawad et il y avait Anton. Elle n'avait de comptes à rendre à personne. Elle cherchait à ne pas penser à Salim. Elle lui avait dit que Sasson ne l'avait jamais touchée, qu'aucun homme... Il le savait, oui, il le savait. Ils ne reviendraient plus jamais là-dessus.

Farrida n'arrivait même plus à évoquer le corps de Salim et son visage avec précision. Elle se levait le matin et contemplait ses photos comme s'il avait disparu, ne laissant, pour trace, que l'image. Ce n'était plus Salim qui revenait à sa mémoire, mais le souvenir d'une photo. Ses visites à la maison d'arrêt faisaient revivre des gestes qui lui paraissaient sans rapport avec l'homme défait qui attendait tout d'elle.

Salim proclamait son innocence, mais les mots sonnaient creux devant les faits et les témoignages de plus en plus accablants. Des employés de son bureau, si obséquieux autrefois, rapportaient devant un public avide, des juges et des avocats complices, des mots, des cris sans conséquence. Il avait dit à Sasson, publiquement, devant témoins, qu'il le tuerait. Et l'assassin rapportait chaque jour des détails supplémentaires sur une responsabilité imputable à son maître.

Avec Jawad, Farida se faisait douce, cherchant à détecter les moindres signes de certitude. Son corps ne lui obéissait plus, la désertait en dépit de la disponibilité de son esprit, de sa volonté. Inerte, le souvenir de Salim décuplait sa léthargie. La douleur que semblait manifester son chant exprimait pour le public une sincérité dont elle cherchait vainement les signes. Ce chant la plongeait dans l'absence, et se transformait en insupportable mensonge. Elle aimait Salim. Elle l'aimait parce qu'elle avait besoin de lui. Il lui donnait le souffle pour respirer, chanter et ressentir le désir dans sa chair.

Anissa lui parlait du veuvage de sa fille. Intentionnellement? Si la cuisinière la devinait, sa douleur serait visible à d'autres. Le mensonge n'arrivait plus à couvrir sa détresse. Et Anissa parlait de l'absence de l'homme, qu'elle avait, elle aussi, ressentie dans sa chair, mais qu'elle n'avait jamais osé s'avouer, encore moins exprimer.

Elle forçait Farida à manger, rangeait ses vêtements, les repassait. «Ce n'était pas la peine», lui dit un jour celle-ci en trouvant une robe, pliée sur son lit. «Je ne la porterai plus jamais. Donne-la à ta fille.» Elle détestait des objets, haïssait des couleurs, se vengeait sur ses robes et souliers.

Tous les jours, Farida plaçait sur le lit robes, jupes, sous-vêtements. «Pour ta fille», disait-elle à Anissa. Le dévouement d'Anissa n'était pas intéressé, elle en était sûre. Ce n'est pas avec des objets qu'elle l'achetait. Elle la protégeait comme sa fille, comme elle aurait voulu qu'on la protégeât.

«Cette robe irait très bien à Zahra», dit Anissa un jour. Avait-elle peur de Fahim? Voulait-elle désamorcer sa jalousie en faisant profiter sa femme des prodigalités de la maîtresse? Une semaine plus tard, Farida fut surprise de voir Zahra vêtue d'une de ses robes épousseter les meubles. «J'aide Anissa», expliqua-t-elle.

– Je n'ai pas besoin d'aide, s'écria celle-ci de la cuisine. Je me tue à te le dire.

– Laisse-la faire, Anissa, trancha Farida. Si cela l'amuse.

Zahra se remit au travail. En sortant de sa chambre, Farida lui remit une poignée de bonbons.

– Pour les petits.

Elle passerait bientôt pour un idéal de bonté et de générosité. Le lendemain, Fahim, planté devant la porte, ne bougeait pas.

– Que veux-tu?, dit Farida, incertaine.

– Madame Farida est la femme la plus généreuse que je connaisse.

– Ce n'est rien. Que Zahra et les enfants en jouissent dans la santé.

– Je ne sais pas si je peux oser...

– Je t'écoute, Fahim.

Il lui raconta une longue histoire d'un cousin à Nasseriyah, policier, veuf, avec un petit enfant, qui voudrait épouser la sœur de Zahra, à Bagdad. Farida attendait, de plus en plus impatiente, la conclusion des malheurs et des espoirs de Awni.

– Je n'ose pas demander au maître Jawad. Awni voudrait être transféré à Bagdad. Un mot au maître...

– Je lui parlerai.

Elle ne demandait jamais rien à Jawad. Mais une faveur dont le bénéficiaire serait l'un de ses subalternes, un musulman...

Une semaine plus tard, Awni faisait partie du personnel de la maison d'arrêt. Comme si une main invisible la secondait à point nommé. Ce même jour, le tribunal recevait les témoins de l'accusation. L'avocat des Karkoukli les faisait défiler avec une orchestration diabolique. Cela dura deux semaines. L'un après l'autre, les employés de Salim et de Sasson venaient dire comment celui-là menaçait son beau-frère de le tuer. L'avocat, par un interrogatoire habile, laissait entendre qu'il s'agissait d'argent, que Salim avait des besoins illimités, et qu'il subtilisait des sommes astronomiques. L'avocat de Salim insistait sur l'alibi de son client. Il n'était pas présent sur les lieux du crime, mais personne ne l'accusait d'avoir lui-même porté l'arme du crime.

Il s'était contenté de soudoyer un pauvre employé qui répétait toujours les mêmes phrases. Salim menaçait de le mettre à la porte. Il aimait Sasson, un patron exemplaire. Surtout, il avait besoin d'argent, et Salim lui faisait entrevoir une source inépuisable, lui qui avait une réputation de grande prodigalité. Tout accablait Salim, et Farida ne doutait plus de l'issue fatale. Tel un aveugle qui touche de sa main les murs d'une chambre inconnue, elle disposait un par un les morceaux d'une mosaïque. Elle rangeait les acteurs, des pions, prévoyait le moment où elle actionnerait la sonnette pour passer à l'acte. Elle agissait en somnambule, absente de sa propre vie. Pas un moment elle n'évoquait le jour où elle se retrouverait dans les bras de Salim. Son impatience obscurcirait son jugement. Elle avançait avec une logique implacable. Le soir, au milieu d'une chanson, elle se surprenait à songer à un élément non prévu dans son dessein. Sa vie avait trouvé une orientation. Elle obéissait à un ordre supérieur. Elle avait des comptes à rendre.

À la fin de l'hiver, elle ordonna un grand ménage: tapis battus, exposés au soleil sur le toit, placards vidés et nettoyés. Le sous-sol, jusque-là oublié, fut aménagé en refuge, un abri de fraîcheur, dit-elle pour échapper à la canicule de juillet et août. On y accédait par un étroit escalier fermé d'une porte, au bout du couloir. Elle le meubla d'une table, d'un lit-canapé, trois chaises, un tabouret et une chaise-longue. Deux lampes: une électrique et l'autre à pétrole.

– Le maître sera heureux d'y trouver la fraîcheur durant les chaleurs, dit Anissa. Farida la regarda, incertaine et silencieuse.

– Tu penses à tout, poursuivit Anissa. Il ne manque qu'un poêle et de la vaisselle, pour que ce soit entièrement équipé. Une maison.

À nouveau Farida regarda longuement Anissa, et celle-ci, ébauchant un sourire complice, soutint son regard.

Dans les journaux, plus le moindre entrefilet sur le déroulement du procès. Salim était coupable dans l'opinion publique, et les juifs, bien qu'attentifs, contents du silence de la presse. Celle-ci était d'ailleurs occupée à chanter les louanges du nouveau roi enfant, Feyçal II, et de son oncle, Abdul Ilah. Leurs photos trônaient dans les bureaux, les magasins. Maarouf Al Rassafi, le vénérable poète, le patriote de la guerre 14-18, publia un poème, fait rare. Un éloge au roi. L'enfant avait toutes les vertus. Les journaux rapportaient ses faits et gestes. On négligeait les nationalistes et leurs passions. Nouri Al Saïd, un Kurde rallié aux Arabes depuis son jeune âge, régnait en maître. Il institua la paix dans les rues. Celle des cœurs et des esprits, insondables, ne le préoccupait pas. Les juifs vaquaient à leurs affaires avec une confiance retrouvée. Salim: un incident. Sinon l'ignorer, au moins le taire.

Lors de ses visites, le soir, Jawad était plus détendu. Il avait déjà parlé d'installer un téléphone à Sulaykh pour qu'en cas d'urgence, on pût le rejoindre. Farida redoutait cette machine parlante, un espion aveugle qui sonnait l'alarme, sans contrôle. Anton s'en plaignait, lui qui l'avait au malha. Il n'avait plus de repos, plus d'intimité.

Avec le calme, la paix retrouvée, Jawad oublia le téléphone et les urgences. Certains soirs Farida dut faire effort pour ne pas tout dire à Jawad. Il était l'aîné, le protecteur et il comprendrait... Il aimait les juifs. Du moins, il ne les détestait pas. Parfois, des exclamations lui échappaient au sujet d'un commerçant, d'un fonctionnaire de son peuple. Intelligent! Habile! Il oubliait qu'elle appartenait au groupe. Farida n'était qu'elle-même. La femme. L'amante. La chanteuse. Jamais, il n'eut à son égard un reproche. Et plus l'absence de Salim lui pesait, plus elle prodiguait d'attentions à Jawad. Elle prévenait ses désirs avec le détachement d'une infirmière et l'affection d'une sœur – l'idée la faisait sourire par son énormité. Il prit l'habitude de venir, dans la nuit, avec son chauffeur. Il ne savait pas ce qu'elle tramait, cet homme qui assurait la sécurité de la ville, dont toute la police était à ses ordres. Elle souriait de son audace, repoussant la frayeur. Cet homme puissant ne pourrait jamais lui faire de mal.

Parfois, il venait chez Farida à sa sortie du bureau, prenait au balcon une bouffée d'air frais, disait-il. Anissa lui servait un jus de mûres pressées à son arrivée. Farida l'entourait de prévenances. Il lui caressait le bras, par habitude, rappel d'une sensualité passée, endormie. Il faisait trop chaud, disait-il, trop chaud pour aller au lit. Un jour, elle décrirait à Salim ces soirées, la nature de ces liens avec le chef de la police. «Tu me manques horriblement» lui disait-elle à ses visites hebdomadaires à la maison d'arrêt. L'après-midi, le vent torride soufflait, et elle s'étendait sur le lit au sous-sol. L'humidité donnait le change: une impression de fraîcheur qui disparaissait dès qu'elle s'habituait au lieu. Elle fit installer un ventilateur. Un soupirail, logé sous l'escalier de l'entrée, laissait pénétrer l'air en plus de permettre de surveiller les allées et venues du gardien et de la cuisinière. On pouvait entendre les pas de ceux qui circulaient là-haut.

Par les journaux qu'elle lui portait chaque semaine, Salim apprit que la concession de la chehita avait été confiée à l'association Shaikhli-Karkoukli. Son nom n'apparaîtrait plus. Le prix de la viande cachère fit un bond immédiat, ce qui provoqua des manifestations devant les bureaux de la communauté. Le Hakham Bachi, apaisant, promit que l'an prochain il veillerait à ce que les concessionnaires ne hausseraient pas indûment les prix. En un mois tout serait oublié, se dit Salim et Abraham remplirait ses poches encore davantage. Ces manifestations sporadiques et éphémères étaient marginales, signe de l'absence de pression extérieure. Si les juifs se sentaient menacés, ils ne penseraient pas au prix de la viande. L'an prochain, pensa Salim, il faudrait que Karkoukli s'efface, que son nom demeure dans l'ombre. Il sourit de son inconscience. L'an prochain, il ne serait pas dans la course. Il n'était plus de la partie. Dans une semaine, deux ou trois, le tribunal fera connaître son verdict. Il sera condamné. Même son avocat ne lui donnait plus d'espoir. Il ne cherchera qu'à faire alléger la sentence. Quinze ans, vingt ans au lieu de la perpétuité. Quinze ans, vingt ans. Savait-il ce que cela voulait dire? Privé d'air, des arbres et des autres. Il fallait réagir, surtout en présence de Farida. Il lui en voulait parfois d'être libre, comme un malade qui envie à ceux qui l'entourent, leur énergie, leur appétit et leur sommeil. Devant elle, il se sentait honteux de ses pensées inavouables. Il était si heureux de la voir, de se convaincre que les jours se succèdent, que le temps existe, et que des lueurs d'espoir puissent un jour percer. Elle était soulagement et consolation, et surtout espoir. Elle avait l'habitude de tout prévoir. Il n'avait qu'à attendre la surprise, la récompense, en petit garçon sage, obéissant. Consciente d'être sous la surveillance des policiers et des gardiens de la maison d'arrêt, elle n'allait pas lui communiquer ses plans. «Tu sortiras d'ici», lui disait-elle. «Tu ne resteras pas ici. J'ai besoin de toi. Fais-moi confiance». Elle prenait goût à décider seule. Elle l'aimait, oui, elle n'en doutait pas, son corps le lui disait. Sans lui, elle était incomplète, mutilée. Mais elle avait le contrôle de ce corps et elle serait à nouveau en possession d'elle-même, quand lui serait de retour, à ses côtés.

On ne le convoquait même plus au tribunal. Les témoignages avaient pris fin et les plaidoyers étaient terminés. Il n'avait qu'à attendre le verdict.

Encore une semaine et son sort serait fixé.

– Tu seras à la maison avant la fin de l'été.

Farida était son seul, son unique recours, son ultime lien avec la vie. Sa mère et Naji espaçaient leurs visites. Ils l'avaient abandonné, désespérant de son sort. Les élans de sa mère, ces dernières années, n'étaient dictés que par une ambition bête, une avidité aveugle. Il était riche, il réussissait. Un pourvoyeur. Son seul, son vrai amour, c'était toujours Naji. Au moins lui, en dépit de la modestie de son destin, il ne déshonorait pas la famille. Naji, ébloui par Farida au début, s'était laissé convaincre par la mère. «Une chanteuse», Farida n'était qu'une chanteuse, c'est-à-dire une prostituée qui n'en portait pas le nom. Mais elle n'était rien d'autre, et il était pénible d'avoir à passer par elle pour leur subsistance. Et ce salaire de la honte et du malheur s'amoindrissait de mois en mois. Bientôt la source en serait tarie. «Cette femme», une fois le pauvre homme en prison pour la vie, garderait tout pour elle. C'était pour Khatoun, se disait Salim, une manière de se disculper, d'accepter sa sécheresse de cœur en la transformant en vertu.

Le matin du verdict, Salim se sentait soulagé. Il avait bien dormi, indifférent aux bruits et à la chaleur. Comme à la veille d'un examen, il ne pensait déjà qu'au résultat, quel qu'il fût. Dans la salle, il reconnut, sous le voile, Farida, puis à côté de Naji, sa mère. Son père devait réciter des psaumes et des selichot à la synagogue, il n'en doutait pas. Quand le juge prononça la sentence: réclusion à perpétuité, il ne fut pas surpris. On ne lui ôtait pas la vie. Ismaïl Hassan, l'assassin, ne serait pas pendu. Prison à vie. Il ne comprenait pas la différence. Il savait qu'il n'était pas condamné à l'échafaud. Tout était possible. Puis, comme s'il se réveillait d'un rêve heureux, il s'imagina, toute sa vie, à l'intérieur d'une cellule. Un mort vivant. Il réussit à ne pas s'effondrer. L'avocat annonça qu'il faisait appel du jugement.

Au moment où il montait dans la voiture cellulaire, accompagné de deux policiers, Farida, enfermée dans ses voiles, s'avança vers lui et chuchota:

– Tu ne resteras pas là. C'est promis. Je t'envoie un paquet ce soir. Ne l'ouvre pas avant demain matin.

Il suffoquait. Il rêvait d'un oreiller où il cacherait son visage dans le noir et laisserait monter en lui le malheur. Il se réfugierait dans l'immobilité de la fin de l'espoir. Et voilà que Farida remettait tout en mouvement, mystérieusement.

Farida, résolue, ne pensait qu'à l'immédiat. Elle n'avait qu'à mettre la machine en branle. La vie se déroulerait normalement, sans interruption. Les apparences demeureraient sauves. Personne, de Jawad à Khatoun et Naji, ne se douterait de rien. Le juge déciderait si Salim serait transféré à la prison, en attendant le recours en cassation. La maison d'arrêt était encombrée et avant que la cause ne soit entendue des mois et des mois passeraient. Certains avocats obtenaient toutefois que leur client ne soit pas déplacé. C'était coûteux et la résidence à la maison d'arrêt était elle-même onéreuse. Salim, trop abattu pour diriger son avocat, attendait un miracle dont l'instigatrice serait Farida. Aussi, l'avocat qui recevait maintenant ses honoraires de celle-ci, prit-il l'habitude de ne consulter personne d'autre. Par respect et surtout par peur de Jawad, il gardait la discrétion d'un homme d'honneur. Elle demanda le transfert. Celui-ci fut fixé deux jours plus tard, à l'aube.

Le soir, un vendredi, elle chanta comme d'habitude. Anton avait l'intention de fermer la salle et d'ouvrir un malha d'été à Battawiyeen, en plein air. Il accueillit avec joie la bonne humeur de Farida qui donna son tour de chant au complet, sans protester en dépit de la chaleur et d'un public clairsemé. Quand, le lendemain matin, Fahim se présenta, elle lui dit d'un air neutre:

– J'ai besoin de toi!

Au garde-à-vous, Fahim attendit.

– Ce n'est rien de très important, commença t-elle. Mais j'ai besoin de toi, car tu es un homme sérieux en qui je peux avoir entière confiance. Demain matin, mon cousin Salim sera transféré à la prison centrale. Demande à ton beau-frère Awni de s'arranger pour l'accompagner. S'il n'est pas assigné d'office, il peut négocier l'affaire avec le collègue, quitte à le payer. Avant de se rendre à la prison, je voudrais qu'il conduise Salim ici. Une demi-heure. Il attendra dehors. Puis ils partiront. Personne n'en saura rien.

Fahim, frappé de stupeur, n'avait pas l'audace de protester.

– Pas un mot au chef. Je ne veux surtout pas ennuyer le maître avec cette petite histoire.

– Mais, commença Fahim, même si Awni réussit, il ne sera peut-être pas seul...

– Il faut qu'il réussisse. Il te doit cela. Faudrait-il le lui rappeler?

Elle avait l'air ennuyé et Fahim craignait de la mettre en colère.

– Ce n'est rien. Une petite visite, et personne ne sera au courant. Et moi je saurai te prouver ma gratitude, à toi et à ta famille, comme toujours.

Elle se rendit à la maison d'arrêt, donna 100 fils au gardien pour qu'il lui permette de voir Salim en dehors des heures de visite. Salim lui apparut hébété, comme s'il adhérait déjà à son nouveau statut de prisonnier à vie.

– Salim, il faut que tu sois en possession de toute ton intelligence, de toute ton énergie dans les heures qui viennent. Voilà mes directives, et ce paquet, tu le garderas avec tes effets personnels. Il faut que tu suives mes instructions. Autrement, tout sera perdu. Nous serions perdus tous les deux.

Salim s'isola dans un coin. Les autres détenus l'avaient abandonné. Il était condamné, perdu pour eux. Il ne serait plus le dispensateur de cigarettes et de douceurs. On s'éloignait de lui comme d'un intouchable. Surtout que son crime, reconnu, n'était même pas noble. Il avait fait tuer son beau-frère par un pauvre musulman, pour une histoire d'argent.

Il eut tout le loisir de lire les instructions puis il entrouvrit le paquet: un voile de femme, et des souliers.

Fahim se rendit le soir chez Awni. Le hasard était de la partie. C'était lui qui devait conduire le condamné en prison. Il y aurait le chauffeur, un nouveau-venu qui débarquait de Mossoul. Awni ne formula aucune objection à ce que lui demandait son beau-frère. D'autant plus que Jawad pouvait être officieusement le véritable et invisible tireur de ficelle. À l'aube, Salim prit place dans la fourgonnette. Awni indiquait le chemin au chauffeur, Raouf qui ne connaissait pas la ville. À Sulaykh, Awni se mit à crier.

– Tu n'es qu'un idiot. Nous ne sommes pas sur la bonne route.

– C'est toi... commença Raouf.

– Moi, quoi? C'est toi le chauffeur, non? Tu sais quelle sera ta punition si je te dénonce? Dix ans.

– Mais c'est toi...

– Moi? Quoi, moi? Je n'ai pas dit un mot. C'est toi qui conduis.

Livide, Raouf supplia.

– Dis-moi ce qu'il faut faire.

– Attends, idiot. Et ne bouge surtout pas.

Devant la maison, Fahim attendait. Farida voilée guettait dans le couloir. La veille elle avait suggéré à Anissa une visite à sa fille et lui avait remis comme d'habitude les vêtements dont elle ne voulait plus. Anissa, reconnaissante, partit, lui abandonnant l'entière disposition de la maison.

Awni ouvrit la portière du fourgon, Salim se glissa dans la maison.

Raouf ne comprenait rien au branle-bas. Il s'était perdu et il paierait cher son errement. Il dépendait d'Awni et ce n'était pas le moment de poser des questions.

– Tu connais les instructions, dit Farida froidement à Salim.

– Oui.

– Fais vite, et ne te trompe pas.

Il ressortit, regagna le fourgon, ouvrit lui-même la portière, se glissa à l'intérieur.

Soudain, un bruit retentit dans l'obscurité suivi du cri strident de Farida.

Awni et Fahim se précipitèrent. Dans la cuisine, des assiettes gisaient par terre, en morceaux, et Farida tenait son pied à la main.

– Ce n'est rien. Pourquoi êtes-vous là? Partez. Vite...

À la porte, Anissa, voilée.

– Anissa, tu es déjà là, s'écria Farida.

Awni fit tourner la clef de la serrure de la portière et la voiture partit en trombe.

Farida mit cinq dinars dans la main de Fahim, le double de son salaire mensuel.

– Pour Awni et toi, dit-elle. Merci. Rentre chez toi maintenant. Je vais me reposer.

Elle attendit que ses pas s'éloignent pour ouvrir la porte du sous-sol.

Salim encore enveloppé du voile d'Anissa, les souliers de celle-ci à la main, l'attendait.

– Mais tu es pieds nus, dit Farida une fois en bas, éclatant de rire.

– Des souliers de femme. Mes pieds n'y entrent pas.

Elle l'étreignait, l'embrassait.

– Tu es là, tu es là, répétait-elle.

Salim ne parveait pas à comprendre, à être heureux. La seule réalité, ce corps, tant rêvé, qui lui sembla soudain menu, petit et qu'il pressait aveuglément, avidement, sans que son esprit participe à ses gestes. Farida le déshabilla, se mit nue.

– C'est toi, Salim. Je suis Farida. Mon amour.

Il obéissait à son corps comme un automate. Il finirait par le récupérer, retrouver sa chair, redécouvrir celle de Farida. L'odeur. C'était enfin son odeur.

Pour elle, l'homme dans ses bras était son grand, son unique amour. Elle le cherchait à travers son corps et le sien, guettant jusqu'à l'exaspération le moment où elle ressentirait de tout son être l'amour qu'elle mettait depuis si longtemps en veilleuse. Elle l'imaginait mais sans visage, sans corps. Mais là, elle le tenait et ce corps, ce bras, cette bouche ne correspondaient pas à l'image de son rêve, ne mettaient pas un terme à son attente. Elle répétait: mon amour, mon amour, mon seul amour, pour faire taire sa déception. Salim était moins grand que l'amour qu'elle éprouvait. Il l'immobilisait dans ses bras mais elle se dégageait et le caressait fébrilement, ses mains n'obéissaient pas à sa volonté. Ce qui lui échappait n'était pas le désir, mais l'appel de ce désir, une attente de sa naissance. Et c'est avec soulagement qu'elle entendit les pas au-dessus d'eux.

– C'est Anissa qui rentre. La vraie.

Elle se dégagea, et son rire nerveux la libéra. Salim la fixait, le regard perdu.

– Ne crains rien. Maintenant que tu es là, nous allons nous concerter pour chaque pas, chaque geste.

– Mais...

Il fallait repousser la peur. La vie revenait au galop. Farida retrouvait Salim à la fois incertain et en quête d'une dignité perdue. Bientôt, il sera à nouveau lui-même et elle retrouvera son homme.

– Nous sommes deux, mon amour, et nous allons tout régler ensemble. Nous sommes maintenant à nouveau unis, indissolublement.

Seul dans la cave, Salim regarda les murs. Décorés. Des tapis, des photos. Farida et encore Farida: la chanteuse. Au début, l'humidité lui donna une sensation de fraîcheur. La lumière filtrait par le soupirail donnant sur l'escalier extérieur. Il pourrait guetter les entrées et les sorties. En plein été et en plein jour, le lieu était plongé dans la pénombre. Il entendit marcher au-dessus de sa tête et il s'employa à deviner les pas de Farida, à les discerner. Légers, rapides. Ceux d'Anissa étaient pesants, réguliers, sans surprise. Il fit actionner le ventilateur, s'étendit sur le lit. Il consultait sa montre toutes les cinq minutes. Dix heures trente, trente-cinq... onze heures. L'heure avançait mais le temps était immobile. À la maison d'arrêt, il était découpé: par le réveil, les repas, le couvre-feu. Les cris, les rires, les ronflements. Il guetta les bruits de l'extérieur. Sulaykh, en fin de matinée. Ni vendeur de fruits, ni vendeur d'eau gazeuse. Même pas de voitures. Un lieu désert. Une maison perdue. Le monde a disparu pour que lui, Salim, retrouve l'haleine, la peau, l'odeur de Farida. Il frisonnait d'une plénitude qu'il n'avait jamais ressentie. Il savait maintenant ce que signifiait l'absence de Farida, une vacuité totale.

Farida allait de la cuisine à la chambre, sautillant de joie, victorieuse. Salim était là. Il ne partirait plus, ne la quitterait plus. Elle ne tarderait pas à communiquer le secret de sa joie à Anissa, qu'elle regardait avec une affectueuse condescendance. Elle ne savait pas encore. Ce qui arrivait, ce qui bientôt allait lui arriver. Car elle était de la partie. Comme Fahim, comme Awni. Elle leur dirait tout. Qu'ils sont les auteurs de son bonheur, qu'ils ont libéré un prisonnier, qu'ils ont rendu un homme à sa femme. Et le soir elle chantera. Elle chantera sa joie et son impatience. Il sera toujours là, à l'attendre, à attendre son retour.

Tous garderont le secret. Elle ne leur a pas laissé le choix. Il y va de leur propre vie.

*

*　　*

La nouvelle fit les manchettes: *Al Bilad*, *Al Zaman* la rapportaient sans commentaire. «Salim Abdullah, condamné à perpétuité, fausse compagnie à ses gardes. La police le recherche. Une enquête est en cours». *Al Istaklal* ajouta: «Le criminel juif ne laissa pour toute trace que ses souliers. A-t-il tort d'exprimer ainsi son mépris pour notre police?»

Ce fut Awni qui ouvrit la portière. Il appela le chauffeur.

– Viens voir, idiot, ce que tu as fait. Tu as laissé échapper le détenu.

Raouf répéta sans comprendre «laissé échapper le détenu».

– Qu'allons-nous faire? s'écria Awni.

– Qu'allons-nous faire? répéta Raouf.

La police et les gardiens faisaient cercle autour d'eux.

– Nous sommes venus directement de la maison d'arrêt jusqu'ici, dit Awni, fixant des yeux Raouf.

– Nous sommes venus directement... répéta celui-ci.

– Raouf connaissait bien le chemin. J'ai fermé la portière. À clef.

Il tenait la clef dans sa main, l'exhibait. On vérifia la serrure. On y repassa la clef. Pas trace d'effraction. Comment le prisonnier a-t-il pu s'échapper?

Quand on prévint Jawad, d'abord en colère, il haussa ensuite les épaules.

– Un juif. Comment empêcher un juif de filer?

L'ironie, une pointe d'admiration, celle qu'on accorde à la ruse, lui firent oublier sa colère. Au moins, le criminel n'était pas dangereux. Une histoire entre juifs. Cela n'allait pas fomenter des troubles, soulever les Kurdes ou les Talkef. Il confia l'enquête à un adjoint qui, d'ordinaire, passait plus de temps à boire thé et café qu'à se déplacer. Tahsin se rendit chez les Abdullah, inspecta la maison, questionna le père, la mère et le frère. Au bureau, les employés ne savaient rien. Il interrogea ensuite Najiah qui, sous son voile, ne cessait de pleurnicher. Il avait eu vent du lien avec Farida, mais comme elle était la maîtresse de son chef, il lui en coûterait cher de la suspecter.

Les journaux ne revinrent jamais sur l'affaire. Une semaine après l'évasion, une nouvelle d'un autre ordre faisait la manchette. «Les Allemands envahissent la Pologne. La Deuxième Guerre mondiale est déclarée.»

Salim avait appris à la maison d'arrêt à subir la chaleur. Les premiers jours de son évasion, il était tout à son amour et à son désir. Farida, enfin retrouvée, remplissait ses heures. Il se laissait aller à une liberté dont les clefs étaient détenues par une autre, une liberté nouvelle, puisqu'elle ne réclamait de sa part aucune décision, ne nécessitait aucun acte. Il n'avait qu'à attendre la suite.

*

* *

– Il faut que j'aille au sous-sol, dit Anissa.

– Non. Surtout pas, s'exclama Farida, alarmée.

Puis elle ajouta, cherchant à paraître indifférente: Pourquoi?

– J'entends parfois du bruit. Les rats doivent s'en donner à cœur joie. Il y a longtemps que je n'ai pas nettoyé.

– Je l'ai fait pendant ton absence.

– Toi? Pourquoi toi?

– Oh, j'avais le temps.

Elle n'arrivait pas à masquer son embarras, et Anissa, sans comprendre, préféra ne pas poursuivre.

– Il y a une chose que je dois te dire, Anissa. Sa voix tremblait, son regard fuyait.

– Oui.

– Autant que tu le saches. Salim Abdullah, dont tu as entendu parler, est en bas.

– L'assassin? s'exclama Anissa.

– Il est innocent, Anissa, victime de fausses accusations.

– Ah? On a parlé de lui. Moi, je ne sais rien.

– Tu peux me croire. Je le connais.

– Tu es la maîtresse. Tu sais.

Anissa s'apprêtait à regagner la cuisine.

– Je sais, oui. C'est dangereux qu'il soit là. Surtout pour lui. Mais pour nous aussi. Si on le découvre, nous sommes tous perdus, même si nous crions notre innocence, comme il l'a fait, même si nous hurlons que nous n'étions pas au courant.

– C'est toi qui sais, chuchota Anissa.

– Toi aussi, tu dois le savoir, Anissa. Tu te trouvais ici quand il est venu. Tu te trouves ici aujourd'hui. Même si tu partais, la police ne te lâchera plus.

Anissa se couvrit le visage. Ses larmes coulaient à flot.

– Pleurer ne sert à rien, Anissa. Tu es mon seul soutien et tu peux m'aider comme moi je le fais quand tu as besoin de moi.

Elle alla vers elle, lui serra le bras.

– Tout se passera bien si tous nous savons tenir notre langue. Il faut savoir garder un secret. Tu ne diras rien à personne.

Anissa leva les yeux, le regard dirigé vers la demeure de Fahim.

– Lui est directement impliqué. Il fera mieux de se taire. Il ne sait pas encore. Mais je le mettrai au courant. Ensemble, nous réussirons, car Salim ne sera pas éternellement ici. On l'oubliera, et il partira. Tu verras, tout se passera bien.

Anissa eut un maigre sourire et soupira.

– Monsieur Jawad ne doit rien savoir. Surtout lui. Personne. Avec ton aide, Anissa, nous serons tous saufs et heureux.

Ce jour-là, quand elle descendit au sous-sol, elle trouva Salim comme un lion en cage. Le regard distant, accusateur.

– Inutile de bouder, dit Farida, contenant sa colère. Je fais ce que je peux.

Il n'avait personne d'autre. Elle n'était pas obligée de risquer sa vie pour lui. Il prit ses mains dans les siennes, les serra contre ses lèvres.

– Excuse-moi, Farida. J'ai parfois l'impression d'avoir échangé une prison pour une autre. C'est la chaleur. Je suis un ingrat. Tu es là, mon bonheur. Qu'ai-je besoin d'autre?

– Tout va s'arranger. Tu verras. Et d'ailleurs il fait moins chaud aujourd'hui, dit-elle. Bientôt, l'été ne sera qu'un souvenir.

Un après-midi, elle tarda à descendre. Fahim était là, racontant les dernières espiègleries de ses enfants. Farida guettait l'occasion de le mettre au courant de la présence de Salim. Celui-ci se mit à faire du bruit. Fahim et Farida poursuivaient leur bavardage. Subitement, la porte de la cave s'ouvrit, et la tête de Salim surgit. Farida lui fit signe de disparaître, mais Fahim l'avait déjà aperçu.

– Viens, dit-elle en riant comme si elle s'adressait à un enfant désobéissant. Viens, puisque tu es là. Et se tournant vers Fahim:

– Tu connais Salim. Tu l'as amené ici. Il ne veut plus partir.

Elle riait nerveusement.

– Que veux-tu que je fasse?

Fahim, atterré, n'arrivait pas à parler.

– Je ne pouvais pas le dénoncer. J'ai pensé à toi, à ta famille, à ton cousin Awni. Vous risquez la prison, la mort. Imagine, des policiers qui organisent l'évasion d'un prisonnier, condamné à perpétuité.

Salim, ébloui par la lumière du jour, souriait bêtement.

– Mais, le maître... balbutia Fahim.

– Il ne sait rien. Tu es un garçon intelligent, Fahim. Tu sais qu'il ne doit pas être mis au courant, à aucun prix. Autrement, il ne pourrait que nous faire tous arrêter. Peut-être même moi. Je n'aurais alors qu'à dire ce qui s'est passé. J'étais devant un fait accompli. Ton cousin et toi à la porte, avec le prisonnier, qui refusait de partir, qui menaçait d'ameuter le voisinage, même si nous n'avons pas, grâce à Dieu, de voisins immédiats.

Fahim la fixait du regard, haussait et baissait la tête.

– Moi, je sais que ma vie est en danger. Je ne demanderai sûrement pas au maître d'intervenir. Je me sacrifie. Mon seul souci, c'est toi Fahim, et ta famille. Il s'agit de ta propre sécurité. Le fait est là, le prisonnier devant toi.

Fahim acquiesçait de la tête. Il était le policier à qui son supérieur donne des ordres. Il n'avait qu'à les exécuter. Il n'arrivait pas à comprendre sa responsabilité dans l'affaire. Farida avait-elle oublié qu'elle lui avait elle-même demandé ce service? Pourquoi serait-il aujourd'hui la cause de tout ce branle-bas? Et sa femme, ses enfants?

On aurait dit que Farida lisait ses pensées.

– Quant à Zahra, il vaut mieux ne rien lui dire pour le moment, qu'on soit le moins nombreux possible à savoir. En attendant, tu poursuis ton travail comme d'habitude. Je m'occupe du reste. S'il y a du nouveau, je te préviendrai.

Automatiquement, Fahim claqua des talons, s'inclina, et se retira.

– Tu as agi comme un fou, dit Farida à Salim.

– Farida, quand tu ne descends pas, c'est pire que la prison à perpétuité. Tu sais ce que c'est. Ce n'est pas à moi de te l'apprendre.

– Tu es un prisonnier évadé. Tu sais ce que cela signifie. Ta vie est en danger et la mienne aussi. J'ai mis Anissa au courant et j'allais tout dire à Fahim quand, soudain, tu apparais. Enfin, c'est fait. Mais je te supplie, pour ta vie et pour la mienne, ne commets plus d'imprudence.

Il sourit, détendu, et prit un siège près de l'entrée.

– Que fais-tu là?

– Maintenant que tout le monde est au courant...

– Et si quelqu'un sonnait?

– J'ai le temps de descendre.

– Tu es impossible. Sois prudent, Salim.

Il se leva pour la prendre dans ses bras.

– Pas ici, Salim. Elle se dégagea. Puis tendre, lascive, elle ajouta:

– Tout à l'heure, en bas, moi aussi... Maintenant nous pouvons prendre notre temps.

Elle ne le quitta qu'au début de la soirée; elle avait juste le temps de se préparer pour le malha.

Anton remarqua un autre changement dans son rapport avec le public. Confiante, son assurance confinait à l'indifférence. Elle jouait avec la salle. Elle ne s'abandonnait pas. Il n'y avait plus d'impatience dans son chant, ni d'attente. Une lente promenade, sans aventure. Elle ne cherchait plus ni à se libérer, ni à oublier. Elle tenait sa vie entre ses mains, elle contrôlait son chant.

Quand elle rentra du malha, elle n'avait pas sommeil. Elle se rendit au balcon. La brise était douce. L'automne s'installait. Bientôt l'hiver. Elle entendit la porte du sous-sol s'ouvrir. Quand Salim l'étreignit, elle se pressa contre lui.

– Viens au lit, chuchota-t-elle.

Ils allaient enfin avoir toute la nuit à eux, une longue nuit, comme à Karradah.

Aux premirères lueurs de l'aube, elle le réveilla:

– Descends.

– Pourquoi?

– Anissa va se lever.

– Elle sait.

– Il vaut mieux qu'elle ne te voie pas ici.

Ce n'était pas le moment de protester. C'était elle qui avait peur. Il fallait lui donner le temps de s'habituer. Il gagnait du terrain. Chaque jour, chaque semaine apportaient du nouveau. L'étau se relâchait. Il ne pensait pas à la liberté. Il s'en remettait à Farida. Par superstition, et surtout parce qu'il avait perdu l'habitude des responsabilités. Un prisonnier commence par perdre sa volonté. Il vit dans le désespoir, climatisé. Mais il n'était plus prisonnier. Un évadé. C'était pire mais c'était autre chose. Il n'avait rient fait pour semer ses gardiens. Il s'était laissé faire. Le temps viendra où il commencera à réfléchir, à penser à l'avenir, à formuler des projets. Pour l'instant, il se reposait, se ressaisissait.

Puis, un soir, ce fut l'alerte. Une voiture s'arrêta à la porte. Des policiers en uniforme s'installèrent devant le soupirail. Un moment, Salim crut qu'on venait le chercher. Il entendit la porte se refermer et des pas là-haut. Ceux de Farida, d'Anissa et des pas qui martelaient le sol. C'était Jawad. Un jour, ça devait arriver. Salim étouffait. Il s'allongea, attentif aux bruits, aux mouvements. Les pas se dirigeaient vers le balcon. Il entendit Anissa s'affairer dans la cuisine et se précipiter vers le balcon à toute allure. Il entendit à nouveau des pas. Farida et Jawad. Ils se dirigeaient vers la chambre. Des bruits désordonnés. «Ils se déshabillent.» Puis le silence. Salim, entre la rage impuissante et le désespoir, se sentit devenir fou. Il allait monter chasser l'horrible bonhomme, le tuer avec son propre révolver. Il aperçut les policiers déambuler devant le soupirail. Il fallait patienter. Le silence était intolérable. Comment pouvait-elle? Et elle disait qu'elle l'aimait. S'il avait pu, lui aussi aurait emmené des femmes à la maison, leur aurait fait l'amour devant elle. Mais là, il était entre ses mains. Elle pouvait l'humilier, le bafouer. Il ne se laissera pas faire longtemps. Il en mourra. Tant pis. Il entendit à nouveau du bruit. Le monstre partait. Qu'il meure, que la foudre le frappe, qu'on l'assassine, que sa voiture s'écrase. La porte se referma. Salim, assis sur le lit, laissait ses larmes couler. Un pauvre animal en cage. Il ne lui restait que sa vie à donner. Il se tuerait plutôt que d'aller à nouveau en prison. Il saura surmonter ce malheur. Il se vengera. On verra qu'il est un homme.

Farida apparut. Il s'essuya le visage. Elle se serra contre lui. Elle hoquetait.

– Ne pleure pas, dit-il d'une voix neutre. Sa colère s'évanouissait. Bientôt il consolerait cette petite fille prise en faute.

– Cela ne sert à rien de pleurer.

Elle frottait son visage contre sa poitrine. Un petit animal, apeuré, cherchant protection. Il n'allait pas s'attendrir. Pourtant, il savait. Cela fait des siècles qu'il savait. Jawad, le maître de la maison, et maintenant son hôte involontaire. Pourquoi se raconter des histoires? Il était impuissant, une victime. Bientôt il pleurerait sur son sort. Il se redressa. Farida le renversa, s'allongea à ses côtés. Elle caressait son front, doucement, comme pour l'endormir. Il n'avait pas envie de la déshabiller, pas après... Pourtant, son désir le tenaillait. Ils restèrent longtemps l'un contre l'autre, sans s'enlacer. Que voulait-elle? Son pardon? Il était trop démuni pour être en mesure de l'accorder. Son acceptation? Il y était forcé. Avait-il le choix? Oui, la mort ou la prison à vie. Et elle...

Il se leva. Les yeux de Farida retrouvèrent leur éclat. Tendres, rusés dans l'attente. Elle se leva à son tour et le déshabilla. Il la serra contre lui, puis lui retira brusquement sa chemise de nuit. Il l'aimait. Il n'était pas le maître de son amour. Il pouvait freiner son désir, contrer ses impulsions, mais n'avait aucun pouvoir sur son amour. Il l'embrassa, parcourut tout son corps de ses lèvres et de ses mains comme pour enlever toute trace des caresses du monstre, des souillures de la nuit. Une petite fille, toute neuve, toute offerte. Et elle l'aimait. Ils redécouvrirent leurs corps, se soumettant docilement à ses impératifs, cherchant dans les caresses à faire renaître tout ce que les misères du jour et de la vie obscurcissaient. Et leurs corps éclataient d'ardeur, triomphant de tout ce qu'ils avaient subi et qu'ils subiront.

– Tu dois descendre, lui dit Farida, à l'aube, sans conviction, Anissa...

– Elle sait que je suis ici.

– Mais...

Anissa ne savait pas qu'il était son amant, son homme, le seul, l'unique. Mais elle saura. Farida avait à nouveau envie de crier son amour au monde, de proclamer que son amour était vivant, et qu'elle le vivait dans toute sa plénitude.

– Je veux te garder, mon chéri. Je veux que tu sois toujours, à jamais avec moi, dans mon lit, toutes les nuits, toute la vie...

Elle allait le rejoindre l'après-midi, lui apportant les journaux qu'elle faisait acheter par Fahim. *Al Zaman*, *Al Istaklal*, *Al Raï El Am* et *The Iraq Times*. Le soir, il quittait sa cachette et, dans l'obscurité, gagnait le balcon. La brise se faisait de plus en plus fraîche. «Bientôt ce sera l'hiver», se dit-il. Elle rentrait du malha, impatiente, amoureuse comme au premier jour. Elle n'avait qu'une hâte, le retrouver au lit. Elle lui racontait le monde tel qu'elle le vivait, à l'extérieur. Anton, les officiers du malha, les rumeurs au sujet du Régent, du gouvernement. Lui, corroborait ses nouvelles avec celles qu'il recueillait avidement dans les journaux. Nouri al Saïd détenait le pouvoir depuis bientôt deux ans; allié des Anglais, il n'en faisait pas mystère. Personne ne faisait allusion à ses origines kurdes. Il était Irakien, l'homme fort de l'Irak, l'homme des circonstances, de l'heure. Il pouvait tenir les nationalistes en laisse. Il lâchait du lest en introduisant Rachid Ali Al Gaylani dans son ministère. Nouri n'était pas un ami des juifs, bien qu'enfant, disait-on, il eût fait des études à l'école de l'Alliance israélite. Mais on faisait circuler tant de rumeurs. Rachid Ali, nationaliste, ami des jeunes loups de l'armée, appartenait à une vieille famille, avait des liens de tribu. Il n'était pas ouvertement hostile aux juifs, non plus que le Régent, Abdul Ilah, un faible, qu'on disait rusé. De Berlin, aux émissions arabes de la radio, la voix de Younes el Bahri, sonnait de plus en plus moqueuse et triomphante en énumérant les défaites des Britanniques sur tous les fronts. Les Allemands poursuivaient leur marche victorieuse. La Tchécoslovaquie, la Pologne, la Norvège, le Danemark, la Belgique, la Hollande, la France. Et bientôt l'Angleterre. L'étau la coinçait de partout. En Europe et dans le désert d'Afrique. Les légions de Rommel libéraient les terres arabes les unes après les autres. Aux portes du Caire et d'Alexandrie; elles seraient bientôt à celles de Damas et de Bagdad.

Al Istaklal faisait allusion aux dissensions à l'intérieur du cabinet, laissait entendre, sans le nommer, que Rachid Ali était devenu le porte-drapeau des nationalistes qui réclamaient la neutralité de l'Irak.

Salim prit l'habitude de s'asseoir au bord de l'eau et de lire les journaux toute la matinée. Farida se levait tard, surtout les lendemains de malha et de mariages. Devenue grande vedette des familles juives, certaines exigeaient sa présence comme une part de la dot. Trente dinars quand elle arrivait après son tour de chant. Cinquante, les soirs où elle ne chantait pas au malha. Elle connaissait les familles, leurs alliances, la valeur des dots, mais se sentait à l'extérieur de ce monde, même si elle était juive. On était heureux de l'accueillir en tant qu'artiste mais elle n'était pas une femme comme les autres. Certes, les hommes n'osaient jamais prendre de libertés avec elle, comme ils le faisaient quand l'artiste était danseuse, musulmane ou chrétienne. Ils fixaient alors les billets de banque au soutien-gorge, à la ceinture des artistes, leurs doigts tremblants s'attardant, s'assurant que le billet tenait bien. Aux mariages vraiment extravagants, il y avait en plus de l'orchestre ordinaire, un orchestre occidental, un jazz band, pour les danseurs encore rares, et en fin de soirée, non seulement la grande vedette, la chanteuse nationale, Farida, mais une ou deux danseuses. Farida regardait les hommes s'exciter, émoustillés par la présence des femmes prohibées mais non interdites, puisqu'il suffisait de payer le tarif pour obtenir un rendez-vous. Personne ne le faisait. Ces hommes, graves, solennels à leurs bureaux, se transformaient en adolescents. En présence de leurs épouses, de leurs familles, ils pouvaient prendre ces petites libertés grivoises, sachant qu'ils rentreraient sagement au foyer avec la légitime. Farida les méprisait. Salim, lui, a pris tous les risques. Il a choisi de ne pas avoir de foyer, de ne pas rentrer, après chaque sortie, au bercail. Elle reconnaissait en lui l'homme, son semblable, son partenaire, le seul digne de son amour. Elle préférait encore un Jawad à ces hommes dont la grande aventure était d'enfouir un dinar dans le soutien-gorge d'une danseuse.

Salim attendait le retour de Farida sur la terrasse ou errait autour de la maison. Le quartier plongé dans un profond sommeil, il s'enhardissait, longeait le fleuve. Un soir, Farida le surprit dehors. Elle allait lui faire des remontrances quand il la pressa contre lui, plaça sa main sur sa bouche, l'entraîna dans la promenade. Elle retrouvait l'excitation des baisers volés, les débuts de leur amour quand ils affrontaient, solitaires et unis, leurs familles, et toute la société. Certains soirs, au malha, exaspérée par les vociférations des officiers, des apprentis nazis qui riaient aux éclats en se racontant les exploits des armées hitlériennes, excédée par les enfantillages des époux juifs, elle se précipitait chez elle pour retrouver l'homme, le véritable, son amour de toujours, Salim. Elle trouvait alors un petit homme, qui engraissait, qui n'avait rien à dire, qui l'attendait, qui attendait tout d'elle, stimulation, consolation et refuge. Sur le point de le repousser, elle finissait par se calmer, retrouver sa douceur en même temps que celle de Salim, dépendant, soumis. Il ne retrouvait la tendresse que plus tard, lorsque libéré par son exaltation, il la redécouvrait, femme, son amour unique, son amour d'éternité. Exténués, ils dormaient tard dans la matinée. Parfois, elle se réveillait avant lui, et le détaillait. Ce n'était que cela, son amour. Recroquevillé sur lui-même, il avait l'air d'un animal peureux, prêt à s'enfuir au moindre bruit. Elle s'attendrissait alors, maternelle, grande sœur protectrice. L'amour lui apparaissait comme une responsabilité, un poids. Où trouverait-elle la liberté? Chanteuse, elle était la prisonnière du malha, femme, celle de Jawad, amante, celle de son prisonnier. Elle s'apitoyait sur son sort. Salim ouvrait les yeux et elle fondait sous son regard. Elle l'aimait, elle l'aimait toujours. Elle n'avait que lui, sa possession et son entière liberté. Elle se serrait contre lui et recommençait en pleine lumière les étreintes de la nuit. Elle savait qu'Anissa veillait sur elle, la préviendrait si jamais Jawad...

Les journaux ne suffisaient plus à Salim:

– Tout le monde a une radio, dit-il à Farida.

Ce n'étaient pas les moyens qui lui manquaient mais comme elle habitait la maison de Jawad et qu'il fallait une antenne sur le toit, elle lui en toucha un mot. Jawad la regarda d'un air suspicieux.

– Pourquoi? Tu ne t'intéresses pas à la politique?

– Non, mais c'est divertissant.

– Tu veux écouter tes disques? ironisa-t-il.

Elle n'en parla plus. En fait, sa voix, à la radio, la dérangeait. Elle ne la reconnaissait pas comme sienne. Ne pas se reconnaître dans sa propre voix la troublait. Ainsi, dans ses gestes et dans ses paroles, elle pourrait être aussi étrangère à elle-même qu'une voix enregistrée... Parfois, elle se surprenait à s'écouter parler, à se voir lever le bras, avancer sur la scène. À s'entendre chanter, elle se trouvait insupportable, comme si, consciente d'elle-même, elle brisait le charme, en chassait la magie. Elle se réfugiait alors dans les bras de Salim pour tout oublier, pour se retrouver, telle qu'il l'aimait.

Jawad espaçait ses visites. Elle s'en plaignit et non pas pour la forme. Sans lui, elle serait perdue. Il lui était encore plus nécessaire depuis que Salim se trouvait sous son toit. À ses plaintes, Jawad, un sourire de satisfaction illuminant son visage, répondait qu'il était occupé, qu'une guerre se déroulait aux portes du pays. Il parlait des contingents de Rommel avec enthousiasme, mais si elle posait quelques questions, il se taisait, méfiant à son égard. Se sentant repoussée, elle prenait sa main, le caressait. Il retrouvait sa vivacité, mais n'en livrait pas davantage. Quand, au début du printemps, en mars, Rachid Ali prit le pouvoir, Jawad paraissait plus détendu. Les Anglais sont perdus, disait-il. Personne ne pouvait arrêter Hitler. Farida sentait confusément le mur surgir entre eux. Et ce fut lui qui à son tour parla d'une radio. Les bandes de Montgomery reculaient, la huitième armée britannique était en déroute, Wavell et Glubb Pacha seraient bientôt balayés. Soudain, Jawad se reprenait. Un homme de marbre. Même sa démarche se transformait. L'allure militaire, victorieuse. Loin, dans un rêve dont Farida ne faisait pas partie, où elle n'avait pas de place.

– Dommage qu'on n'ait pas de radio ici.

À peine prononça-t-il ces mots qu'il changea de sujet, réclama un verre d'eau, comme s'il regrettait cette remarque.

Le lendemain, Farida confia à Anton la tâche d'installer une antenne et d'acheter une radio.

Blottis l'un contre l'autre, Salim et elle écoutaient les nouvelles de Radio Bagdad, puis celles de Londres, de Berlin et de Bari. À Berlin, Younes Al Bahri, un Irakien, se moquait du roi Abdullah, menaçait Abdul Ilah, et annonçait des malheurs aux juifs de Bagdad.

Quand Jawad aperçut la radio, il sourit de satisfaction puis fronça les sourcils.

– J'ai fait comme tu as demandé, lui dit Farida l'entourant de ses bras.

– Moi, j'ai demandé?

– Tu as oublié? Peut-être maintenant viendras-tu plus souvent ici, puisque Farida ne te suffisait plus.

Il était trop heureux pour protester. La veille, Rachid Ali al Gaylani était devenu premier ministre. Les forces nationalistes étaient au pouvoir. Il n'attendait ni promotion ni même un changement dans sa carrière. Déjà au sommet, il y resterait. Personne n'était au courant mieux que lui des complots que commençaient à ourdir les communistes, tous juifs ou chrétiens avec ici et là un chiite de Najaf ou un Kurde de Zakhou. Quelque temps auparavant, le ministre de l'Intérieur l'avait convoqué et, en présence d'un officier britanique en uniforme, il dut donner des détails sur le CID, les services secrets, qui officiellement ne dépendait de lui qu'en partie. La haine des Anglais était montée en lui. Il rougissait de honte et de colère. Sous Rachid Ali, les événements prendraient une autre tournure.

Il écouta les nouvelles à la radio, suivies d'une interminable lecture des dépêches, des félicitations de sheikhs au nouveau gouvernement. Les tribus se ralliaient. Même les Kurdes. Les Chaldéens ne pouvaient plus compter sur la complicité des

Français comme cela avait été le cas, quatre ans auparavant dans le nord. Enfin un gouvernement qui tenait tout le pays sous son contrôle, qui n'allait pas faire la guerre des Anglais. La neutralité, c'est tout ce qu'il demandait. Hitler n'avait pas besoin de l'armée irakienne pour vaincre. En sympathie avec lui, oui! Habile, Rachid Ali temporisait, tenait des propos lénifiants et laissait la violence des sentiments du peuple et de l'armée exploser dans les journaux.

Farida était là, tout contre lui. Lui expliquer la situation? Elle ne partagerait pas ses sentiments. Même si elle avait quitté sa famille, elle n'en était pas moins fille de son peuple, une juive. Elle pourrait être encombrante. Qu'importe. Car les nationalistes les plus rigides comprendraient qu'un homme puisse assouvir ses désirs et ses besoins avec une juive. Il ne la laisserait pas tomber. Il la regarda. Jamais il ne l'avait ainsi dévisagée, avec froideur, distant.

– Je ne t'abandonnerai pas, dit-il, pour s'excuser comme s'il lisait ses pensées. Jamais.

Il eut envers elle un élan, né d'une fidélité, d'une loyauté au passé. Son désir naissait d'un souvenir comme si la mémoire de l'amour remplaçait l'amour, se substituait à l'amour, et était aussi puissante que l'amour.

Elle était toute seule et elle avait peur. Elle avait besoin de cet homme pour protéger son amour, son homme, et elle eut vers lui un mouvement d'affection sincère, né de la gratitude et de la culpabilité de mener une vie clandestine à ses dépens. Elle avait envie de sourire. Cet homme qui détenait les secrets de l'État, des mouvements clandestins, ne savait même pas ce qui se passait sous son propre toit. Elle caressait les mains, les cheveux de ce jeune garçon qui ignorait tout des maléfices des adultes.

Dès que Jawad s'annonçait, Salim sortait, se réfugiait sous les arbres, au bord de l'eau, même en hiver. Il ne supportait pas la présence de l'autre. En rentrant, il reprenait Farida, l'apprivoisait, la redécouvrait.

– Rachid Ali est un nazi. Tu vas voir. Ce gouvernement sent mauvais, n'augure rien de bon pour les juifs.

Elle repoussait ses doutes. Il avait peur, et cherchait à l'effrayer. Pauvre garçon. Parfois, rentrant tard, elle n'avait qu'une envie, s'allonger sur son lit et attendre le sommeil. Mais Salim était là, qui la guettait.

– Que dit-on au malha?

La question était devenue rituelle. Pendant son absence, Salim collé à la radio, faisait une savante comptabilité des nouvelles transmises par Londres, Berlin et Bagdad. Hitler, invincible, inexorable, avançait. Il serait bientôt là. Peut-être la catastrophe apporterait-elle à Salim un secours quelconque. Il n'attendait plus rien de Farida. Elle avait épuisé ses ressources et, face aux événements, elle se trouvait dépourvue. Il ne lui en voulait pas, car il était aussi démuni qu'elle. L'avenir était, pour les juifs, lourd de menaces et d'incertitudes. Dans son trou, il n'était même pas juif. Il était un évadé. C'est à dire rien. Farida ne pouvait pas l'abandonner. Il y allait de sa propre sécurité. Il n'était même pas question d'amour. Ah! oui, bien sûr, ils s'aimaient, l'amour se vit au présent, se dit-il, au jour le jour, mais cet amour étouffait dans les limites de l'instantané. Que dit-on au malha? On ne cache plus la jubilation, les cris de triomphe. Les Anglais étaient défaits, des perdants sur tous les fronts.

Bientôt les premières formations d'Hitler atteindront Bagdad. Elles n'y trouveront que des alliés enthousiastes, déjà ralliés à leur entreprise, avant même leur apparition dans les rues de la ville. Rommel était le maître des lieux. Bientôt il ferait son entrée rue Rachid. Farida, terrorisée par les cris de victoire des jeunes officiers, des fonctionnaires et même de certains sheiks, atténuait les mauvaises nouvelles en les rapportant à Salim, car la peur impuissante de celui-ci la paralysait et elle lui en voulait d'être là, inactif, portant sur elle des yeux égarés, comme si elle était responsable de la marche du monde, des victoires d'Hitler. Il s'accrochait à elle, lui renvoyant ses phrases, les transformant en blessures, en accusations. Elle n'avait qu'à l'écouter et lui donner raison. À qui se confier?

Elle n'avait personne. Jawad. À condition qu'elle mente et qu'elle use de toutes ses ressources de séduction. Il ne venait la voir que par habitude. Elle le savait et s'acharnait à le retenir. Parfois, sans se rendre compte, des mots désagréables envers les juifs se glissaient dans sa conversation. Elle s'assombrissait, ravalait sa honte. S'en rendant compte, il changeait de sujet. Elle était encombrante. Elle le savait. Il fallait qu'elle l'excitât pour qu'il eût envie d'elle. Quand elle lui racontait ses succès, il s'animait, retrouvait un enthousiasme momentané. Il était loyal. Il ne la laisserait pas tomber, ne l'abandonnerait pas. À moins qu'elle ne le trahisse. Si elle portait atteinte à son honneur, il se vengerait: sauvage, barbare, aveugle. Heureusement que Salim était là, pour la ramener à la vie, à elle-même.

Salim, à l'ombre d'un arbre, l'attendait. Malgré ses recommandations, il multipliait les imprudences, comme s'il défiait le sort, l'ennemi invisible qui ne lui accordait les gestes de liberté qu'au compte-gouttes. Il cherchait à vivre le danger, pour sentir le sang couler dans ses veines. Elle le poussa à l'intérieur pour l'enlacer. Il était à peine plus grand qu'elle et attendait d'elle une fin, un délivrance. Il n'était que cela son grand amour? Un petit homme qui s'en remettait à elle, qui dépendait de son humeur? Elle rentrait, sûre qu'elle serait là, toujours là, à l'attendre, à espérer l'annonce d'un geste... Il n'avait rien à dire, sauf répéter ce qu'il entendait à la radio, ce qu'il lisait dans les journaux. Et il la harcelait de ses interrogations. Que disent les officiers? Que pensent les fonctionnaires? Que fait Anton? Comme si cela importait. Il était à elle, cet homme, sa possession. Sans elle, il serait perdu. Depuis quelques jours, il poussait l'audace jusqu'à se promener au bord du fleuve, coiffé d'un kouffiah, le visage quasi couvert. Elle s'en voulait de le prendre en pitié. Sa protectrice, elle pouvait lui dicter sa conduite. Mais en son absence, il échappait au contrôle, enfreignait les règles de la prudence, et ainsi, il s'éloignait d'elle, tout en demeurant à proximité et elle pouvait le regarder, avant d'en reprendre possession. Quand il était en prison, elle rêvait de ces moments où il serait toujours là, à caresser et se laisser caresser, à aimer et être aimé. Elle n'avait jamais imaginé qu'elle le trouverait trop petit, insuffisant. Mais, qu'il s'éloigne de quelques pas, et elle sera heureuse d'accourir.

Avec le passage des jours, leur audace augmentait. Les soirs où Farida ne chantait pas au malha, elle portait le voile, et lui le kouffiah, et ils se promenaient le long du fleuve.

Jawad n'invitait plus personne à Sulaykh. Tout le monde savait que la maison était devenue celle de sa protégée. Depuis février 40, Rachid Ali Al Gaylani était premier ministre. Son gouvernement était préparé à accueillir les Allemands. Le peuple était à l'écoute de Radio Berlin où Younis Al Bahri et Amin Al Husseini, le mufti de Jérusalem, annonçaient la défaite imminente des Britanniques, condamnant leurs alliés, le Régent, le roi Abdullah, les juifs, les sionistes et leur promettant la pire vengeance.

Le style de Rachid Ali, nationaliste à l'ancienne, était moins flamboyant que celui des jeunes adeptes du nazisme. Tous les mois, il convoquait les directeurs de police du Liwa, du département de Bagdad, et après une conversation à bâtons rompus, il leur enjoignait d'ouvrir l'œil et de ne pas tolérer les malfaiteurs, sans trop donner de précisions; mais le calme régnait, les incidents étaient rares. L'attente, dans la confiance et le calme. Un jour avant que Jawad ne quitte son bureau, le premier ministre lui dit: «Il paraît que tu as une maison à Sulaykh.»

– Oui, Votre Éminence.

– Nous sommes donc voisins.

Rachid Ali habitait un kasr, un petit palais ou plutôt une grande maison au bord du fleuve. Dans leurs promenades, Salim et Farida en faisaient une limite, une frontière.

– Je passe tous les jours devant ta maison, dit Rachid Ali.

– Elle est à votre Éminence.

Jawad soupesa les remarques du premier ministre. Était-ce une allusion à sa double vie? Mais il n'était pas un coureur. Il avait une protégée, une maîtresse. C'était de notoriété publique. Était-il hostile aux origines juives de la maîtresse? Jamais Rachid Ali n'avait donné dans les excès des jeunes nazis. Peut-être voulait-il acheter la maison ou tout simplement la visiter? Sans trop réfléchir, Jawad avança:

– Je me propose de donner une fête à votre intention, me feriez-vous l'honneur d'y venir?

– Vendredi prochain?

– Ce sera un grand honneur.

Jawad ne se tenait pas de joie, mais en songeant aux détails de la fête, son visage s'assombrit. Farida n'y aurait pas sa place. L'artiste de la soirée? Tout le monde savait, y compris le premier ministre, que sa maîtresse était juive. Non pas que Rachid Ali fût connu pour son antisémitisme, mais il appuyait plus qu'aucun autre chef d'État avant lui, les revendications des arabes de Palestine. Elle n'aurait qu'à s'absenter. Une soirée.

Jawad l'attendait dans sa voiture à la sortie du malha. Farida, appréhendant une catastrophe, afficha un sourire séducteur.

– Quelle joie de te voir. Pourquoi n'es-tu pas entré? Tu ne veux pas m'écouter?

– Si, si. Mais j'étais pressé. Je te reconduis chez toi.

– Et tu restes?

– Non. Malheureusement.

Son visage exprimait une joie si évidente que Farida poursuivit, rassurée:

– Tu n'as plus de temps pour moi.

– Tu sais bien que si, fit-il d'autant plus coupable qu'il ne pourrait lui faire partager sa joie. Je donne une fête en l'honneur du premier ministre.

– J'inaugurerai ma nouvelle chanson.

– C'est que, balbutia-t-il, embarrassé, c'est que... je ne crois pas que le premier ministre...

Farida comprit. La maîtresse, juive par-dessus le marché, n'était pas au programme.

– Je ne serai pas là, dit-elle la bouche serrée, partagée entre le soulagement et la colère.

– Je savais que tu comprendrais, dit-il sans la regarder.

Ils gardèrent le silence, n'osant enfreindre, ni l'un ni l'autre, un code nouveau, inconnu. Ce n'est qu'arrivée à Sulaykh que Farrida pensa avec terreur à Salim, mais une solution lui apparut, telle une illumination. Le soir de la fête, ils iraient à Bagdad, Salim, revêtu des vêtements et du voile d'Anissa. Celle-ci n'avait qu'une hâte, que Salim sorte de la maison avant l'arrivée des policiers de Jawad qui veillaient aux mesures de protection. Pour la visite de Rachid Ali, aucune précaution n'était de trop, si nombreux étaient ses ennemis et les intrigues des Anglais étant aussi efficaces qu'imprévisibles.

Ce soir-là, Farida et Salim, celui-ci sous les voiles d'Anissa, se rendirent à Bagdad. Il en redécouvrait les rues, les maisons, les boutiques, les visages. Jamais la ville ne lui avait offert une telle multiplicité d'impressions: tant de Kurdes, tant de juifs dans des rues, des quartiers pourtant familiers! Ville immense, interminable. À ses côtés, Farida voilée, silencieuse. Il retrouvait dans sa démarche l'allégresse des premiers jours, de leurs premiers rendez-vous au parc el Saadoun.

Que d'hommes, de femmes et d'enfants dans les rues, en plus de l'éternel défilé des hommes en aba, kouffiah, en costume occidental, qui parlaient et riaient sans se soucier qu'on puisse surprendre des bribes de phrases, des confidences.

Jamais il n'avait vu cette ville. Il riait intérieurement. C'était sa ville natale, la seule connue et il ne l'avait jamais vue.

– Allons au souk, dit-il.

Du temps à perdre. Ils devaient trouver où s'abriter jusqu'au lendemain. Jamais il n'eût cru qu'un jour, invisible, il accompagnerait Farida dans les souks. Voici la boutique des Daly, celle des Rahamin, des Rabie. Tous ces êtres familiers poursuivaient leur besogne comme si de rien n'était, comme si jamais il n'y eût d'arrêt, d'absence, de départ. Imperturbables, ils offraient les tissus, en vantant la qualité, marchandaient, métraient et empochaient l'argent. Quelle merveille! La vie continue. Salim avait envie de hurler son bonheur, de le partager avec Farida. Mais, celle-ci ombre noire, passait son chemin, silencieuse. On la reconnaîtrait à sa voix. Au souk des tissus, on lui gardait des pièces de choix et elle achetait, achetait. Voici le cousin de Sasson, il attend le client, les yeux fureteurs. Il n'aimait pas Sasson mais ferait une bouchée de Salim. Celui-ci ralentit le pas.

– J'ai de beaux tissus, ma tante, dit l'homme, le prenant pour une vieille musulmane. Salim s'assombrit. Jamais il n'avait pensé à Sasson durant tous ces mois; préoccupé que de lui-même, des avocats, du procès. Mais Sasson n'était plus; disparu pour toujours.

Il aurait voulu s'attabler à un café, mais se souvint qu'il était accompagné d'une femme et qu'il en était une lui-même.

– Je suis fatiguée, dit Farida.

Un banc rue Abou Nouas. C'était la fin de l'hiver. Salim observait les barques, les kouffas rondes, admirant la manœuvre habile des pêcheurs. Cela lui rappela les promenades en barque, l'été, avec Sasson. Il s'assombrit, se leva.

– Allons au parc Ghazi, dit-il.

Ils longèrent la rue Abou Nouas et automatiquement ses pas le conduisirent à Battawiyeen, face à la rue où il habitait. Qu'était devenu son père? Sa mère, et Naji?

Jamais il n'avait demandé de comptes à Farida. Avant qu'elle n'organise son évasion, elle lui avait dit:

– Ton bien est en lieu sûr.

Qu'en restait-t-il? Farida ne calculait pas. Elle payait les avocats, les policiers. Et depuis des mois, il était logé et nourri.

Il eut envie de rire, de partager son hilarité avec elle. Nourri et logé. Luxueusement. Un jour, qui sait, il pourra à nouveau gagner et lui faire des cadeaux somptueux.

– Je suis exténuée, dit Farida.

Où aller? Salim avait peur d'être reconnu s'il arrêtait de circuler. Deux femmes parcouraient les dédales du souk en plein jour. Quoi de plus innocent? Deux femmes, qui pouvaient être la mère et sa fille, longeaient la rue Rachid. Quoi de plus naturel? Deux femmes dans un café? Lequel? Au cinéma? On les prendrait pour une prostituée et son entremetteuse attendant un rendez-vous avec un client. Deux femmes ne pouvaient pas demeurer seules, sans homme, sans protection.

Farida se sentait seule, abandonnée. Elle ne pouvait partager ses craintes et sa tristesse avec Salim, qui attendait tout d'elle. Sans sa renommée, elle n'était qu'une femme juive, sans mari, sans famille, la cible d'attaques possibles, un objet d'avidité. Elle était là dans la rue, sans foyer, sans logis, avec son amant, un évadé recherché par la police.

Farida n'avait plus la force d'avancer. Elle arrêta une calèche.

– Va vers Sulaykh par la rue Ghazi dit-elle.

Cette rue, découpée dans la partie miséreuse de la ville, traversait les ruelles dont certaines arboraient à leurs flancs les traces fraîches de démolition de leurs voisines. Après Bab et Sheikh, ils passèrent à l'est de Shorja, puis ce fut Henouni, le quartier des juifs pauvres.

Salim avait l'impression que les rues étaient bordées de caches, et que de toutes les fenêtres des yeux invisibles le surveillaient pour le dénoncer d'un moment à l'autre. Il était au cœur d'une cité hostile. Des hommes et des femmes l'espionnaient, les émissaires d'une autorité implacable le recherchaient. À ses côtés, Farida, indifférente à son malheur, gardait le silence. Justement. Volontiers, elle le livrerait. Elle en avait assez de l'avoir sous les yeux, tous les jours, d'avoir peur. Il n'avait pour toute protection que le déguisement qui trompait momentanément ses ennemis. À la maison d'arrêt, il savait à quoi s'en tenir. Et il attendait. Maintenant, il n'y avait plus rien à attendre. Il n'était qu'un poids inutile pour Farida. Il lui en voulait de devoir lui être reconnaissant. Elle l'avait sauvé pour le remettre dans une autre prison. Par amour. Mais où était passé l'amour? Il se l'imaginait sous son voile et le désir renaissait. Bientôt, ils traverseraient les ruelles non asphaltées qui les mèneraient à Sulaykh. Avec tout son argent, sa célébrité, Farida était aussi démunie que lui, une pauvre juive perdue dans une mer hostile de policiers et de militaires musulmans qui jubilaient aux succès d'Hitler.

La voiture longea leur rue, dépassa la maison illuminée devant laquelle flânaient des policiers, des militaires.

– Arrête, dit Farida au cocher, quand ils atteignirent une allée obscure qui menait chez un voisin. Elle régla la course puis attendit que la voiture fasse demi-tour. Puis ils descendirent jusqu'au fleuve, sous les dattiers où il attendait d'habitude le retour du malha de Farida. Maintenant, ombres silencieuses invisibles, ils étaient deux à surveiller la nuit et leur maison.

Soudain, un certain tumulte leur parvint. Non, ils ne sont pas découverts. Le monde s'ébroue, la ville s'agite. Un petit homme, le sidara sur la tête, sort, entouré d'uniformes et d'hommes tout en courbettes. Jawad est là, puis la voiture se met en marche. La porte est à nouveau fermée. Il ne reste qu'un gardien, un policier et la voiture du maître. Bientôt il libèrera la maison, Salim retrouvera sa prison et elle, son foyer.

Quand enfin, la maison fut libre, Farida poussa Salim, somnolent, devant elle. Sans mot dire, ils se jetèrent au lit et Salim plongea rapidement dans le sommeil sans même effleurer Farida. Elle resta longtemps éveillée, ruminant sa colère et sa tristesse. Cette masse informe, c'était son seul amour pour lequel elle risquait son existence. Il ne pouvait plus rien pour elle, même pas la tenir dans ses bras.

Jawad la laissera, l'aurait laissée déjà n'était-ce l'idée qu'il se faisait de sa générosité et de son sens de l'honneur. Pour se donner un beau rôle et pour satisfaire sa vanité. Un petit homme, dont l'entêtement donnait le change sur sa faiblesse. Il avait la conviction d'avoir droit à une récompense. Ne mettait-il pas sa vie en danger? Farida, c'était le salaire du danger, la rétribution de la peur. Elle eut envie de réveiller Salim, de le sommer de partir, de la laisser seule. Elle finit par s'assoupir.

À l'aube, Salim regagna son lit au sous-sol. Il s'étendit, cherchant à occuper tout l'espace. Il ressentit un bien-être d'être seul, d'avoir tout le lit à lui, d'être le maître de son espace. Avant de descendre, il avait regardé Farida. Le visage crispé, les cheveux en broussaille, elle n'avait jamais été aussi brune. Quand il la serra contre lui, il ne la regardait pas, comme s'il évitait une révélation. Où était-elle la Farida du parc Al Saadoun? Il l'imaginait sous le voile, une petite femme toute brune, aux cheveux noirs. Il lui demanderait de les décolorer s'il ne dépendait pas de son bon vouloir. L'impasse. Sa vie était entre les mains d'une femme... comment oser s'avouer qu'il ne l'aimait pas, qu'il ne l'aimait plus de l'amour des premiers jours?

Pendant une semaine, ils s'évitèrent. Ils mangeaient ensemble, écoutaient les nouvelles à la radio, mais la nuit, comme s'il obéissait à une silencieuse demande, Salim regagnait sa cave, où il passait des heures à chercher un sommeil récalcitrant.

*

*   *

– Quelle aventure, dit un jour Salim évoquant leur équipée.

– J'ai eu peur, dit Farida. Tu sais, pousuivit-elle, j'ai souvent pensé à Sasson.

– Moi aussi, fit-il, mi-ironique.

– Il était si jeune. Pauvre garçon.

– Il avait mon âge, dit-il, irrité.

– Mais toi, tu es là, mon amour. Heureusement.

– Je suis là, mais j'appartiens davantage au monde des absents.

– Tu sais, le soir où tu l'as surpris à Karradah... Je tiens à ce que tu le saches. Il ne m'a pas touchée. Même pas le petit doigt. Son prétexte, c'était toi. Autrement, je l'aurais mis immédiatement à la porte.

Son débit était précipité.

– Pourquoi tu m'en parles? Maintenant?

– Salim, on dirait que tu ne te rends pas compte. Cela a changé notre vie. À toi et à moi.

– Je sais. Et puisqu'on en est aux révélations et aux mises au point, je ne l'ai pas tué.

– C'est évident, puisqu'on a arrêté l'assassin en flagrant délit. Je me demande ce qui l'a poussé à tuer.

– Tu veux refaire le procès? dit-il, irrité.

– Ne te fâche pas. Je cherche simplement à comprendre.

– Tout a été dit. Il n'y a plus rien à comprendre.

Le lendemain elle revint à la charge.

– Est-ce qu'il avait une famille, Ismaïl Hassan?

– Que t'importe? Je ne sais pas.

Ils évoquaient souvent les premiers jours de leur amour. Salim changeait de sujet quand la nostalgie menaçait de glisser vers les récriminations et les regrets. Il avait du mal à ne voir la vie qu'au passé.

– Le présent, c'est l'enfermement, dit-il un jour en riant. Et l'avenir, eh bien! je n'en ai tout simplement pas.

– Et moi? Ne suis-je pas le présent? Et l'avenir?

– Pauvre Farida. Tu méritais un autre homme, un autre sort.

– Je ne me plains pas.

Un soir, Jawad, livide, se glissa dans la maison, comme pour se cacher. Il ne fit pas irruption en maître. Salim eut à peine le temps de regagner le sous-sol.

– Que se passe-t-il, Jawad? Elle l'entoura de ses bras.

– Ne lis-tu pas les journaux? N'as-tu pas écouté la radio?

– Non. Pas aujourd'hui.

– Rachid Ali a démissionné. Autrement dit, les Anglais ne voulaient pas de lui. Ils l'ont remplacé. Voilà notre liberté et l'indépendance que nous chantons.

Elle aurait voulu lui dire qu'elle n'était pas l'ennemi, ni même l'adversaire, que la politique ne l'intéressait pas. Elle ne pouvait penser qu'à son propre sort, celui de Salim, celui des juifs.

– Et qui est maintenant premier ministre?

– Taha al Hachimi.

Elle n'osa pas demander qui c'était.

Elle attendit. Puis, craintivement, elle avança:

– Et toi?

– Moi? Je suis toujours en poste. Ils ont besoin de moi. Tous les gouvernements ont besoin de la police. Et puis, Taha n'est pas un mauvais homme. Ce sont les circonstances de son arrivée au pouvoir qui sont inacceptables. Rachid Ali a tout le pays derrière lui. On ne peut pas le renvoyer comme un écolier.

– Tu crois qu'il fera quelque chose?

– Ce n'est pas un écolier, s'anima-t-il. Justement. Pas une tête brûlée. Il fera patienter les jeunes officiers, attendra le moment propice, et frappera. Je le connais. C'est un homme mûr, réfléchi. Il les aura tous.

Il se leva, défiant un ennemi invisible, puis serra Farida dans ses bras.

– Heureusement que tu es là. Tu es si belle. Vas-tu au malha ce soir?

– Oui.

– Il y aura du monde. Les hommes ont besoin de se parler.

Et puis, comme s'il se parlait à lui-même:

– Il faut que je fasse attention. Les yeux sont braqués sur moi. On cherchera à tout prix à me prendre en défaut. Un chef de police n'a pas d'amis. Il faut laisser passer l'orage. Je ne suis pas un homme politique. Et puis, Rachid Ali reviendra. Il les aura tous.

Dès que sa voiture démarra, Farida se rendit à la cave et fit part à Salim de la panique de Jawad.

– Qui est Taha al Hachimi?

– Ce n'est pas un antisémite. En tout cas, il l'est moins que Rachid Ali. Ils sont tous pareils, et nous sommes entre leurs mains.

– Qu'allons-nous devenir?

– Les Anglais perdent sur tous les fronts. Ils cherchent à sauver les morceaux. Hitler a toute l'Europe à ses pieds.

– Qu'allons-nous devenir? répéta-t-elle exacerbée, au bord des larmes.

Il la serra contre lui.

– Farida, rien ne peut nous arriver tant que nous sommes ensemble, que nous sommes deux. Rien.

Elle leva les yeux vers lui, attendrie.

– Je voudrais tellement te croire.

– En tout cas, Taha al Hachimi ce n'est pas plus mauvais pour nous que Rachid Ali. De toute façon, il y a Hitler, et il y a les Anglais.

Salim scruta les journaux, écouta la radio sans apprendre si le changement de gouvernement amènerait quelque changement pour lui. Il était un fantôme sans existence légale, sauf que Taha al Hachimi n'était peut-être pas un ennemi déclaré des juifs. Son sort de fantôme était, au cas où il sortirait de l'ombre, lié à celui de la communauté.

La pluie plongea la ville dans l'eau et la boue. Pendant deux jours on n'osa mettre le nez dehors, et quand le déluge s'arrêta, un vent froid renvoya vite les promeneurs à leur foyer. Salim ne sortait plus que pour «prendre l'air», quelques minutes. Avec le départ de Rachid Ali, Jawad changea de régime de vie. Il prit l'habitude de passer chez Farida tous les soirs avant de rentrer chez lui. Il la conduisait au malha, ne craignant pas d'être vu avec sa maîtresse juive en pleine rue Rachid. Il ne passait jamais la nuit chez elle. Anissa préparait du thé. Il mangeait un gâteau, du lait caillé, de la confiture, et rentrait chez lui, sans toucher Farida. Celle-ci multipliait les coquetteries, mais en vain. Il lui donnait l'impression d'un homme défait, d'un joueur qui n'a plus de mise.

Après son départ, Farida se précipitait au sous-sol pour trouver un Salim boudeur, qui n'osait pas la repousser. Il la serrait contre lui, mécaniquement, puis, comme malgré lui, accomplissait une tâche, payant un tribut. Parfois, Farida, impatiente, le quittait brusquement, et il ne la retenait pas. Irait-elle jusqu'à le dénoncer? Elle serait perdue tout comme lui. Puis elle revenait, docile, quémandant l'affection, ou au moins une présence. Après le malha ou un mariage, elle ne rejoignait pas toujours Salim terré au sous-sol. Quelque chose va arriver, se disait-il, dût-il le provoquer. Cela ne pouvait continuer.

En mars, Jawad, à peine arrivé à Sulaykh, se mettait au téléphone nouvellement installé. Au début, il gardait Farida à ses côtés. Il parlait à Rachid Ali. Un jour, elle l'interrogea sur l'état de santé de l'ancien chef.

– Il va très bien, fit-il, à la fois désemparé et fâché.

Le lendemain, il lui demanda de quitter la pièce avant de se mettre au téléphone. Humiliée, mais elle n'allait pas se fâcher, lui fournissant ainsi un prétexte pour l'abandonner en conservant l'honneur et la bonne conscience. Elle n'avait plus le choix.

Les armées d'Hitler étaient invincibles. Avançant inexorablement en Afrique et en Europe, elles resserraient l'étau autour de l'Irak, source de pétrole pour les Anglais, dont elles ne sauraient tarder à les priver.

Jawad lui parlait à peine. Il passait sa main sur ses cheveux, lui serrait les épaules, et se déplaçait constamment de la cuisine à la chambre à coucher, et au salon. Anissa lui servait thé et café. Il mangeait quelques dattes, grignotait des gâteaux. Farida restait dans son coin. Elle savait sa courtoisie forcée, qu'il pouvait éclater à tout moment. Elle évitait tout geste, tout mot qui risqueraient de provoquer sa colère.

Les Allemands triomphaient sur tous les fronts, mais Taha al Hachimi avait la situation en main. Les Anglais n'avaient pas l'intention de quitter l'Irak.

Pendant deux semaines, Jawad ne donna pas signe de vie. Farida fit téléphoner Fahim à son bureau. Il était absent.

Puis un matin, le dernier jour de mars, une voiture s'arrêta devant la maison. Un homme, en civil, frappa à la porte. Anissa ouvrit:

– Farida?

– Non. Madame n'est pas prête.

– Anissa?

– C'est moi.

– Le maître, Monsieur Jawad, va venir avec des hommes aujourd'hui. À aucun prix ils ne doivent être dérangés.

– Madame Farida?

– Il ne faudra pas qu'on la voie.

– Et moi?

– Toi, tu prépares le thé et le café, et Fahim servira. Fais comme on te dit. C'est l'ordre du maître.

Farida, de sa chambre, écoutait. Effrayée, elle secoua Salim.

– Il faut partir de la maison.

Ahuri, Salim demanda:

– Mais aller où?

– Que fait-on maintenant? demanda-t-elle, une fois qu'ils se furent vêtus.

Ils n'eurent pas le temps d'y réfléchir. Une voiture militaire stoppa devant la maison. Ils eurent juste le temps de se précipiter au sous-sol.

– Est-ce la maison de maître Jawad? demandait-on à Fahim. Les hommes envahissaient déjà la maison. Une deuxième voiture suivit et, du soupirail, Farida et Salim terrés dans un coin, voyaient les militaires se succéder. Là-haut, le bruit des pas, des chaises, assourdissait les voix chuchotantes. Aucun rire. Farida crut voir Rachid Ali, d'un pas précipité, faire son entrée. Ce fut le silence. Elle entendit ensuite Jawad appeler Fahim. Devant le soupirail, deux militaires faisaient le guet. Salim entraîna Farida au lit, où ils se couvrirent comme pour mieux se cacher. Mais Salim sentit bientôt le désir le submerger, lui faisant oublier la mort certaine. Farida allait au-devant de ses gestes. Elle était sûre, elle, de survivre. Pour Salim, c'était l'ultime sursaut, la dernière expression d'une vie qui s'en allait. Ils s'aimèrent comme la première fois, dans une précipitation qui ne s'arrêtait pas. La vie les désertait, les quittait, et elle était inépuisable. C'était leur dernier souffle, et il était indestructible. Il y eut un arrêt. À nouveau, les pas reprenaient leur rythme assourdissant. Leurs moments étaient comptés. L'arrêt ne pouvait être qu'une halte. Leurs corps reprenaient leurs droits et leurs mouvements sourds, leur halètement étouffé. Ils n'avaient que leurs corps pour résister. Ils ne pouvaient atteindre l'oubli que par la passion, et c'était aller au-delà de la mort, en deçà de la fin.

Soudain le bruit s'intensifia. Des pas. Des bottes qui claquaient. Les voitures démarrèrent. En quelques minutes, le silence. Était-ce la fin du cauchemar?

Le lendemain, la radio annonça la démission de Taha al Hachimi et la prise du pouvoir par Rachid Ali. Les journaux fourmillaient de détails. Le Régent, le jeune Roi et la famille royale se réfugièrent en Iran. L'armée appuyait Rachid Ali. *Liwa Al Istaklal* était on ne peut plus clair. Il s'agissait bel et bien d'un coup d'État. L'armée était au pouvoir, ou plutôt, les officiers nationalistes avaient donné à Rachid Ali autorité sur le pays. Le malha Al Zawraa était, cette semaine, bondé. Les militaires, visiblement, occupaient la salle. Farida fut accueillie avec l'enthousiasme des grands jours. «Nous vivons des moments historiques», répétait Anton. Jawad ne donna pas signe de vie. Mais les journaux citaient son nom. Il contrôlait la police de la région et *Liwa Al Istaklal* le proposait comme ministre de l'Intérieur, pour mettre les tièdes au pas, et surtout pour maintenir sous sa surveillance ceux qui seraient susceptibles de trahir, et d'ainsi entraver la marche de l'Histoire.

Après un appel au calme, Rachid Ali exposa sa politique. À l'intérieur: unité nationale, guerre sans merci aux traîtres. À l'extérieur: neutralité. L'Irak n'était pas l'allié des Anglais. Pas celui des Allemands non plus, mais il n'avait pas à le dire, et il le tut. Cependant, les Anglais étaient là, avec leurs deux bases militaires. Le premier ministre les sommait de vider les lieux. Les forces irakiennes s'apprêtaient à se mettre en marche vers Habbaniya et Fellouja pour chasser l'occupant et retrouver l'intégralité du territoire.

Les événements se précipitèrent à une telle vitesse que même Salim, qui avait l'oreille collée à la radio, et qui lisait trois ou quatre journaux chaque matin, n'arrivait pas à expliquer ce qui se passait à une Farida terrorisée.

Jawad ne donnait pas signe de vie. Un après-midi, sans réfléchir, elle téléphona à son bureau.

– Son Excellence n'est pas là, entendit-elle.

Qu'allons-nous devenir? Elle ne lui posait pas la question, car ses yeux exprimaient une peur plus profonde que la sienne. Elle ne pouvait plus rien pour lui, et il le savait. Il l'avait entraînée dans sa chute. Ils étaient seuls, juifs sans oser l'être, sans faire partie de la communauté des victimes. À la nuit tombante, les soirs où elle n'allait pas au malha, Farida se blotissait contre lui, pour oublier. Il n'y avait que le désir qui, parfois, les ramenait sur terre, et ils s'enlaçaient dans l'obscurité, sans parler, se déchargeant d'un poids indéfinissable.

Au malha, on fêtait. Le départ au front. Les forces irakiennes marchaient sur Habbaniya. La radio tonitruait des cris de victoire. D'interminables télégrammes de ralliement. Tous les chefs de tribus. Les uns après les autres. Notre armée héroïque va bientôt débarrasser le sol national de l'occupant. Et, télégramme de ralliement parmi d'autres, celui des Juifs. Ils donnaient leurs noms. Ils étaient Irakiens parmi les Irakiens. Ils se ralliaient, comme les autres. Ils affirmaient publiquement leur loyauté. Ils étaient pour le gouvernement, pour Rachid Ali. Ils voulaient que le sol national soit libre. «Idiots, se disait Salim. La liberté d'être assassinés, sans défense. Voilà ce qu'ils réclament». Mais il savait qu'il aurait été le premier à envoyer son télégramme de ralliement, comme n'importe quel cheik. Quitte à envoyer le même télégramme au prochain gouvernement, quel qu'il soit.

Radio-Berlin jubilait. Un bonheur ne vient jamais seul. Victoire sur tous les fronts. Farida s'aventura un matin dans le souk. Une journée comme les autres. Les juifs comme les musulmans étaient à leurs boutiques, derrière leurs étals. Ils étaient là, avec les autres. Pourvu qu'on ne s'aperçût pas de leur existence, qu'on ne les vît ni ne les entendît. Ils étaient semblables aux autres. Sauf qu'ils avaient peur, qu'ils étaient sans défense. Personne ne les attaquait. Farida se sentit soulagée de ne pas faire partie du nombre, de ne pas compter dans la communauté. Elle n'était qu'une chanteuse. Dans les mariages, on l'applaudissait. On était fier qu'elle fût juive. Mais elle n'appartenait pas à leur monde, elle lui était étrangère. Et maintenant il n'y avait plus de mariages. On célébrait les bar-mitzvah discrètement à la synagogue. On n'avait plus besoin d'elle. Elle représentait la fête, la grande célébration, le bonheur. L'avenir dans l'insouciance. Et il n'y avait plus de fête, plus de célébration. Sa place était au malha. Parmi les officiers de Rachid Ali. C'est là que l'on fêtait et que l'on célébrait. Sur scène, elle s'absentait d'elle-même. Elle n'était ni juive, ni musulmane. Farida, la chanteuse, que l'on réclamait, qu'on applaudissait. Il n'y avait plus de Salim ni de Jawad ni de Rachid Ali. Les forces armées accumulaient les victoires, n'en finissaient pas de donner des leçons aux Anglais.

C'était la deuxième semaine d'avril. Les lits étaient déjà sur les toits. Le soir, la brise était douce. Bientôt, elle sera suffocante. Salim n'attendait plus rien. Un jour, vêtu des vêtements d'Anissa, il s'aventura seul en fin d'après-midi à Aadhamiyah, puis alla jusqu'à Bab el Moadham. Les gens vaquaient à leurs occupations, comme si la guerre ne se déroulait pas aux portes de la ville. Devant le Maydane, les hommes faisaient leur entrée dans le quartier réservé, s'arrêtaient pour la fouille. Comme d'habitude. Plus loin, devant l'école Shamash, les étudiants sortaient, gesticulant, parlant normalement. Avaient-ils plus peur que les musulmans? Il crut deviner leur impatience, une attente vague. Eux savaient que la victoire n'étaient pas acquise, et redoutaient, comme leurs parents, et la victoire improbable, et la défaite. Les juifs comme lui étaient seuls mais, au moins, ils pouvaient se parler, se confier leur peur. Il se demanda si son père allait comme d'habitude à la synagogue, si sa mère avait honte de lui, si Naji évitait d'évoquer son nom, et si Najiah, prisonnière des Karkoukli, lui attribuait son malheur.

Il rebroussa son chemin. Il avait peur de héler un taxi, de prendre l'autobus. Il revint exténué, et s'étendit longtemps. Il entendait au-dessus les pas d'Anissa, de Farida. Elle n'était pas descendue le chercher. Sa présence, dangeureuse et inutile, lui pesait, l'impatientait. Elle eut souhaité, se dit-il, qu'il s'éloignât pour un mois, une semaine. Il serait revenu, chargé de nouvelles et de cadeaux, et elle l'aurait accueilli comme l'amant attendu et retrouvé. Lui aussi eut voulu être loin, ne plus lire sur ce visage cette peur totale qui n'avait d'autre refuge que le silence.

Quand il remonta, Farida buvait son thé et s'apprêtait à sortir. Elle le regarda comme si elle ne le reconnaissait pas. Un passant, un étranger. Elle n'était ni indifférente ni hostile. Absente.

– Tu vas au malha?

– Oui. Anton s'attend à tout moment à recevoir l'ordre de fermer.

Salim ne demanda pas d'explications. Il devinait. La guerre sonnait à la porte. Ils ne seraient plus épargnés. Le téléphone retentit. C'était Anton. Inutile de se déranger. Le malha était fermé.

La guerre était officiellement déclarée contre la Grande-Bretagne. Les avions survolaient Bagdad, lançaient des tracts. Rachid Ali forma un nouveau cabinet. Les pro-nazis en faisaient ouvertement partie. La radio multipliait ordres et instructions: observer le couvre-feu, mobiliser les énergies, et éviter tout geste qui pouvait servir l'ennemi. Les juifs rentraient chez eux l'après-midi. Le soir, les cafés étaient vides, et les rues désertes. Tous les jours, des adolescents qui faisaient partie de la Futuwa, la jeunesse militante, arrêtaient un juif qu'ils accusaient de donner un signal aux avions britanniques. Les victimes, d'innocents passants, ou des boutiquiers qui se faisaient petits derrière leurs vitrines, en étaient parfois quittes, au bureau de la police, pour un dinar glissé entre les mains de l'enquêteur. Parfois, on les gardait au poste un jour ou deux, et cela coûtait une dizaine de dinars. Tout geste était suspect.

Farida couvrit les fenêtres qui donnaient sur la rue de rideaux opaques. Salim continuait à capter Radio-Londres. L'armée irakienne, apprit-il, n'avançait plus, stoppée aux portes des bases militaires britanniques. Les Anglais perdaient sur tous les fronts sauf celui-là. Farida montait sur le toit au début de la soirée et Salim regagnait son sous-sol. Il n'écoutait plus que le bulletin de nouvelles londonien à la radio. Il savait qu'il vivait la fin d'une époque, et assurément d'un épisode de son existence. Y en aurait-il d'autres? Il ne voulait pas y penser. Il se levait tous les matins fatigué, et quand Farida, la mine défaite, lui demandait comment il allait, il répondait: Je suis encore vivant. C'était le miracle quotidien. Quand tout sera fini, quand les événements, une suite de drames et de catastrophes, se seront déroulés, un jour nouveau se lèvera, et il sera encore là. Dans quel état, dans quel lieu? Il ne voulait pas y penser.

Anissa allait tous les matins au marché, en revenait le visage défait. Qu'allait-elle devenir? Les juifs n'étaient que la tête du peloton, les exactions contre les chrétiens, les Chaldéens, les Arméniens, puis les Kurdes, suivraient. Et Jawad qui n'était plus là pour les protéger. Fahim, le visage fermé, rentrait le soir sans prendre de nouvelles de Farida. Ce n'était qu'un musulman, se disait Anissa, et quand l'heure sonnera, il saura à quel parti il appartient. En attendant, il prenait ses distances, il n'était pas au service d'une juive, le compagnon de travail d'une chrétienne. Il ne recevait d'ordres que de son seul chef. Son Excellence Jawad, le chef de la police du Liwa.

Salim ne parlait plus de la situation. Il n'avait que sa peur à partager et, reflétée dans le regard d'une Farida défaite, elle serait décuplée.

Le soleil tapait fort. Bientôt, Salim étoufferait dans sa cache. Il imaginait alors l'avenir comme une explosion. Il y aurait des morts. Mais ceux qui survivraient renaîtraient à un jour nouveau. Il avait une intime certitude qu'il serait du nombre, qu'une autre vie s'annonçait, que dans le désastre, son destin se reconstituerait. Il en sortira indemne. Et, dans cette vie, Farida n'aurait plus de place. Elle serait encombrante. Il la regardait, défaite, ressemblant à toutes les femmes de sa famille, sa mère, ses tantes. Une vieille femme comme les autres.

Un matin, un homme en civil sonna à la porte. Son Excellence annonçait sa visite; qu'on prépare la maison pour son séjour, qu'on achète des provisions. Et l'homme s'en fut. Farida fit répéter plusieurs fois les propos de l'émissaire. Elle ne comprenait pas. Des provisions? Un séjour. Le soir, la radio lui en fournit l'explication: Rachid Ali et son gouvernement étaient en fuite, ils étaient en route pour l'Iran. Notables et militaires mirent sur pied un comité de sécurité intérieure. C'était jeudi.

Le lendemain, les bureaux seraient fermés. Samedi et dimanche, c'était la fête de Chavouoth. Les juifs célébreraient le don de la Torah.

La ville fermait ses portes. Il n'y avait pas de gouvernement. Farida attendait l'arrivée de Jawad, le sauveur, le protecteur. Salim serait à l'abri dans sa cache, mais elle, avec le maître, serait en sécurité. Jamais les rues n'avaient été aussi désertes. Les juifs se blottissaient dans leurs demeures, et les musulmans, sur leurs toits, chuchotaient. Personne ne voulait être soupçonné d'envoyer des signaux à l'ennemi.

À la radio, le nouveau comité publiait des communiqués réclamant le calme. La vie reprendra, a repris. Rachid Ali n'était plus premier ministre. Les Allemands ne sont pas venus à son secours. Hitler avait d'autres préoccupations. La campagne de Russie allait commencer. Les Anglais gagnaient enfin une bataille, quelque part. Ils cerneraient la capitale de l'Irak. Leurs troupes feraient leur entrée. Elles se faisaient attendre.

Puis ce furent les coups de feu. Des adolescents, appartenant à la jeunesse militante Al Futuwa, s'attaquèrent aux juifs qui sortaient de la synagogue, arborant leur costume de fête, en l'honneur de Chavouoth. Les juifs célébraient la défaite de l'Irak, hurlaient-ils. L'armée anglaise était aux portes, mais ne bougeait pas. L'armée irakienne était dans le brouillard. Qui étaient les chefs? Qui allait donner les ordres? La ville était sans maître, livrée aux tueurs et aux voleurs. Des hordes de Bédouins quittèrent leurs tentes pour s'approvisionner chez les juifs, laissés à eux-mêmes.

La radio annonçait que le Comité de Sécurité Intérieure était toujours responsable du maintien de l'ordre. Mais les coups de feu persistaient. Le dimanche matin, Fahim, en uniforme de policier, le révolver sur la hanche, se posta devant la porte, un défenseur de son propre vouloir. Personne n'était là pour lui donner des ordres. Dans sa chambre, Farida souleva un coin du rideau pour regarder la rue. Des hommes, des femmes, des enfants passaient en groupes, transportant meubles et objets. C'était la mise à sac. Parfois des enfants, courbés sous le poids d'objets que leur confiaient les aînés, les laissaient choir. D'autres groupes les ramassaient. Un défilé interminable poursuivait son chemin aux cris, aux injonctions d'hommes, de femmes, qui ordonnaient aux enfants de coltiner leur butin en dépit du poids, de la fatigue. Le quartier juif de Sulaykh ne comptait qu'une vingtaine de maisons. On les avait vidées. Si le mouvement n'était pas stoppé, ce serait le tour des chrétiens, dispersés ici et là, puis celui des musulmans. Les pilleurs remarquaient de loin l'uniforme de Fahim, et ne s'arrêtaient pas. Quand des adolescents lui faisaient la grimace, le raillaient, il posait la main sur son révolver, et les adultes énervés admonestaient leur progéniture.

Le soir, le gouverneur du Liwa fit part à la radio d'un ordre du Régent. La police tirerait à vue sur tout pilleur. Le couvre-feu était à nouveau annoncé.

Ce même soir, le téléphone sonna. Jawad. Il chuchota qu'il allait venir. Salim n'avait pas peur. Jawad le rejoignait à la légion des évadés. Farida savait que les musulmans s'entre-tueraient un temps, puis se réconcilieraient sur le dos des juifs. Jawad ne serait à l'ombre qu'un moment; une fois la tempête passée, il manifesterait sa gratitude. Le téléphone sonna à nouveau. C'était Jawad, la voix ferme, quasi joyeuse. En route pour l'Iran, le temps de se faire oublier. L'orage passera. Un chef de police est le soutien de tous les régimes, et même, trop ouvertement rallié à Rachid Ali, son heure reviendra. Farida, soulagée, fit montre de tristesse et d'inquiétude. Jawad la rassura. Il lui donnerait de ses nouvelles.

Le lendemain, armée et police refirent surface. Les Bédouins regagnèrent leurs tentes, et les musulmans régnèrent de nouveau sur la rue. La radio proclamait le retour de l'ordre et la puissance du régime. Le Régent nomma Jamil Al Madfaï premier ministre, et institua une commission d'enquête. Au bout de quelques jours, les juifs se hasardèrent à nouveau dans les rues, partagés entre la méfiance du policier ou du soldat, ne sachant pas encore s'ils pouvaient pousser un soupir de soulagement. Et d'abord compter les morts, les blessés et les innombrables victimes du pillage.

Pendant une semaine, ce fut le vide. Anissa allait au marché, et Fahim, arborant toujours son uniforme, faisait encore le guet au début de la soirée.

Farida parlait peu. Elle passait des heures à ranger, épousseter, changer les meubles de place. Salim ne se rasait plus.

– Il n'y a pas de deuil, lui dit-elle avec un sourire forcé.

– Pas encore. Je ne sais pas. Maintenant, j'ai un nouveau visage.

Le lendemain, il s'habilla, portant costume et sidara, et sortit. Farida n'eut même pas le temps de l'appeler. Il était déjà loin. Les raisons personnelles d'inquiétude avaient disparu, balayées par la conflagration. Que pouvait-il leur arriver maintenant? Tard dans l'après-midi, Salim revint. Il avait le même regard joyeux que du temps où il rentrait du bureau. Elle afficha, sans conviction, sa colère:

– J'étais morte d'inquiétude.

Elle ne l'était évidemment pas, et il se demanda si c'était de l'indifférence ou la conviction que toute menace était histoire du passé. Il lui raconta sa randonnée. Il avait pris l'autobus pour se rendre au centre de la ville. Le souk était à nouveau grouillant. La vie avait repris son cours. Le quartier de Battawiyeen avait été épargné. Les hordes n'avaient pas eu le temps de l'investir. Sa famille et la sienne étaient indemnes. Il était même passé devant leurs maisons.

Un matin, une voiture stoppa devant la maison. Salim ne bougea pas. Farida lui jeta un regard d'assentiment. Le monde était renversé, et le pire ne pouvait arriver. Anton sonnait à la porte. Il s'excusa.

– Je ne voulais pas téléphoner. Il toisa Salim.

– Entre, dit Farida. C'est la première fois que tu honores la maison. Salim, mon cousin.

Il allait rouvrir le malha dans trois semaines, et avait l'intention d'annoncer un nouveau programme. Elle en serait, évidemment, la vedette. La vie recommençait. Anissa servit le thé, Salim hochait la tête, disait des oui et des non. Il était le cousin et il participait normalement à l'entretien.

– J'ai à te parler, dit Anton en regardant Salim de biais.

Celui-ci se leva.

– Je dois sortir, dit celui-ci.

– Ne rentre pas tard, se contenta-t-elle de dire.

Dès qu'ils furents seuls:

– C'est Jawad qui m'envoie, dit Anton.

– Jawad? Et pourquoi ne vient-il pas de lui-même? Et d'abord où est-il?

– Avant de partir, Jawad est venu me voir. Il m'a demandé de m'occuper de toi, de parer à toute éventualité... Moi-même, j'ai dû garder le silence. Je n'avais pas besoin de me cacher, mais le malha était fréquenté par les officiers...

– Parle-moi de Jawad, coupa-t-elle.

– Oui. Il avait décidé de partir avec Rachid Ali et ses ministres. Même s'il n'avait fait qu'obéir aux ordres du gouvernement en place, il se crut menacé. Une fois à Khanaquin, il changea d'avis. Dans la défaite, les hommes ne sont pas beaux à voir et l'entourage de Rachid Ali ne fait pas exception. Jawad, intelligent comme il est, comprit vite que ce n'était pas son monde. Le chef de police de Khanaquin était un de ses anciens assistants. Il l'héberge. Mais Jawad a besoin d'argent et sa famille, demeurée à Bagdad, ne peut pas vivre de l'air du temps. Je lui aurais avancé l'argent, mais le malha est fermé et moi-même... Je n'ai pas besoin de t'expliquer, Farida.

– Il t'envoie me demander de l'argent? C'est ça?

– Pas exactement. Si tu veux me remettre trois cents, quatre cents dinars, un prêt.

– Je n'ai pas un tel montant sous l'oreiller. Je vais voir ce que je peux faire.

– J'ai dit à Jawad que cette maison est à lui; il peut l'occuper, la louer, la vendre.

– Tu lui as suggéré de me demander un loyer....

– Farida. Tu m'insultes. Pour qui me prends-tu? Moi m'immiscer dans votre vie?

*

* *

Salim partait tous les matins. Chaque jour, il s'enhardissait. On ne le reconnaissait pas. Il entrait dans les magasins, les cafés. Un samedi matin, il assista au service du chabbat à la synagogue Meir Toëg, nouvellement construite. Le rabbin reprochait à la communauté de ne plus observer les lois dans leur intégralité. Les femmes ne se présentaient plus chaque mois au mikveh pour se purifier et il se trouvait même des hommes qui enfreignaient la loi du chabbat, qui travaillaient, qui fumaient. Salim lui donnait raison comme il donnait raison à sa mère quand elle le grondait. Cela le soulageait. Libre, un jour, il obéira à ce que prescrit la Torah. Il était heureux de passer inaperçu. Il avait disparu de la circulation. Il n'était plus parmi les vivants. Certains matins, il s'aventurait dans sa propre rue, dans celle des Karkoukli. Il renaîtra, et alors, il leur montrera qu'il était toujours là, il se vengera. De qui? de quoi? Il souriait. Il était redevenu l'enfant grondé par sa mère.

Dans un café, il avait surpris la conversation de deux hommes, des juifs, qui parlaient de voyage. Rue Rachid, pas loin du malha. Il y retourna le lendemain, aperçut l'un d'eux, seul. Il se mit à la table voisine.

– Je viens de Kut, dit-il. La vie des juifs y est devenue intenable.

L'homme dit, le sourire amical:

– Ce n'est pas mieux à Bagdad. Il y en a qui se font des illusions.

– Les idiots. Il n'y a plus de juifs à Kut. Au Farhoud, nous avons été épargnés. Pas par bonté de cœur. Les nouvelles ne sont pas parvenues à temps. La prochaine fois, ils feront disparaître nos traces. Je suis venu ici, mais Bagdad n'est pas la solution.

– Ah! non. C'est même pire.

L'interlocuteur hochait la tête.

– Moi, dit Salim au bout d'un moment, je ne cherche qu'à partir. Mais je ne connais personne.

– Tu n'as pas de famille?

– J'avais un cousin. Un cordonnier. Shlomo Cohen. Je suis allé à sa maison à Qambar Ali. Mort, assassinés, lui et toute sa famille. Une femme, deux filles. L'une de celles-ci m'était destinée. Mais les musulmans ne l'ont pas voulu ainsi. Les voisins m'ont dit qu'ils ont eu tous les quatre la gorge tranchée. On n'a pas voulu me dire ce qu'ils ont fait aux filles avant, mais je n'avais pas besoin qu'on m'explique. J'ai tout compris. Est-ce une vie?

– Ah! non.

– Est-ce un pays pour un juif? Depuis mon arrivée, je ne cherche qu'une chose. Partir. Mais je ne connais personne. L'autre jour, devant un vendeur de pastèques, j'ai entendu un homme dire qu'on pouvait aller en Iran. Sans papiers, et sans passeport. Et de là, on nous prend en charge, pour nous amener chez nous.

Salim s'arrêta, jeta un regard complice à son interlocuteur qui sourit.

– J'ai parlé à cet homme, mais il n'a rien voulu savoir. Comme si j'étais un indicateur, comme si je travaillais pour la police. Je ne lui reproche rien. On n'est jamais assez prudent.

Salim attendit, mais l'homme ne fit aucun geste. Salim crut bon de ne pas insister. Il se mit à parler de sa découverte de Bagdad, les promenades au bord du fleuve pour revenir, en glissant, sur son désir de tout laisser. L'homme écoutait, sans mot dire, acquiesçait, le sourire complice.

En rentrant, il trouva Farida tout excitée. Le malha allait rouvrir, et Anton misait sur son nom pour l'annoncer. Il faisait imprimer des prospectus: Grande ouverture du malha Al Zawraa. Nouveau programme de la grande chanteuse nationale, Farida. L'annonce serait distribuée dans les cafés de Battawiyeen, dans le souk, les cafés de la rue de la Banque. Elle s'attendait à un public clairsemé. Les juifs ne venaient que rarement au malha et, après le Farhoud, ils auraient trouvé inconvenant de festoyer dans un lieu public. L'armée n'avait plus les officiers fiers et orgueilleux qui préparaient la reconquête du pays. Mais la salle fut bondée. Des militaires en civil, certes, mais aussi des chrétiens, quelques juifs et surtout un public nouveau, d'un enthousiasme juvénile. Quand elle fit son apparition, la salle houleuse l'ovationna. Que saluait-on? Son retour ou le retour des jours ordinaires? Elle chanta avec une lucidité qu'elle détestait. Elle assistait à son propre spectacle.

Quand elle revint sur scène pour son deuxième tour de chant, des voix s'élevèrent, réclamant ses anciennes chansons. Elle entonna à voix basse son premier chant, et au-delà de la lucidité et du contrôle, se sentit saisie par ses émotions premières surgies d'un archaïsme qui la submergeait. Elle n'était plus là, s'effaçant derrière un désir inassouvi qui lui échappait, insaisissable. Et son chant se fit appel. Sans regret, sans nostalgie. Elle atteignait la tristesse primordiale de vivre et de ne pas sentir la vie. Et dans la salle, le silence. Une voix sourde, chuchotante montait, suppliante, appelant le retour, se battant avec l'absence. Elle quitta la scène, exténuée, et s'effondra sur une chaise. «Farida», entendit-elle. Anton était à ses genoux. Le public la réclamait. Farida. C'était son nom, toute distance disparue, tout écart tombé. Je m'appelle Farida. Elle était Farida. Elle n'avait besoin de personne pour le lui dire, le lui rappeler. Demain, elle montera sur scène et sa voix, libre, la soulèvera, frisonnera de vie.

Salim se mit à fréquenter le café. Quand il voyait les deux hommes, il choisissait un siège à l'autre bout de la salle et attendait. Il attendit une semaine. Les deux compagnons le saluaient de la tête et poursuivaient leur entretien. Un soir, il arriva plus tôt que d'habitude. L'un des hommes était là. Il alla vers lui:

– J'ai à te parler. Je veux partir. Veux-tu m'aider?

L'homme avait l'air plongé dans une profonde réflexion.

– Comment? dit-il après un long silence.

– Je veux traverser la frontière. Sans passeport.

– Pour aller où?

– Où? Tu te moques de moi? Je ne veux aller ni en Syrie, ni en Turquie. Puis, se ravisant: ni en Arabie Saoudite.

– Veux-tu t'installer en Iran?

– Pour commencer. Pour quelques mois, en attendant.

– En attendant quoi?

– Mon but, tu le devines. Jérusalem. Ou peut-être Tel-Aviv.

Un sourire éclaira soudain le visage de l'homme.

– Mon nom est Saddiq.

– J'aurai l'argent nécessaire.

– Je vais voir. On en parlera dans une semaine. Où habites-tu?

– Chez une cousine de ma belle-sœur. À Sulaykh. Je te donne le numéro de téléphone.

– On en reparlera dans quelques jours.

Le lendemain matin le téléphone sonna. Farida répondit.

– Salim, on te demande.

Elle ne semblait pas effrayée.

– Oui, répondit Salim. À l'autre bout, il entendit un souffle. On raccrocha.

Il comprit. Il eut envie de partager son secret avec Farida. Des juifs allaient l'aider. Il la regarda avec la compassion que suscite une femme abandonnée, la pitié qu'éveille la femme qu'on quitte.

– Tu ne me parles plus.

– Mais si. Je ne fais que cela.

Il lui était désormais indifférent. Un frère, un compagnon dans une vie antérieure. Une intimité inscrite dans la mémoire, au-delà du temps.

Il la prit dans ses bras, la sentant absente, pour s'en faire une alliée. Il la caressa mécaniquement, cherchant à revivre l'émoi de son corps. Dans le souvenir des gestes qu'il reconnaissait au fur et à mesure. Il se voyait agir. Était-ce bien celle qu'il aima, qu'il aimait, ou une ombre? Il la serra contre lui, éprouvant de la pitié pour lui-même de ne pas se reconnaître en elle, dans son propre passé. Lui dirait-il qu'il partait, que tout allait changer? Qu'avait-il à lui offrir pour qu'elle l'accompagne, ou qu'elle le rejoigne. Il n'était même pas sûr de pouvoir redire son amour.

Jawad envoyait ses messages par personne interposée. Quand Anton s'attardait auprès d'elle, gêné, Farida l'interpellait, ironique:

– Alors, tu as des nouvelles de Jawad?

– C'est que... balbutiait-il, hésitant et s'enhardissant à lui livrer le message. Jawad a besoin d'argent.

– Je viens de lui envoyer cinq cent dinars.

– Cela ne suffit pas. Et puis, il ne veut plus emprunter.

Une femme, et, en plus, un juive, une maîtresse, une chanteuse. Quelle humiliation.

– Il veut vendre la maison.

– Quelle merveilleuse idée! s'exclama-t-elle. J'achète. Au prix du marché.

– C'est ce qu'il souhaite. Et tu soustrairas les prêts.

– Un acompte. En attendant de fixer le prix, envoie-lui mille dinars sur ce que tu me dois.

Le malha avait retrouvé vie grâce à elle. Qu'elle fût juive était un atout. Elle garderait Fahim; Anissa était de toute façon, de tout temps, son alliée, sa servante. Jawad, lointain, ne règnerait plus sur sa vie. Son ombre tutélaire pâlissait jusqu'à l'effacement. Il avait traversé son existence sans s'attarder, laissant à peine des traces. La maison. Elle la tenait de tout temps pour sienne. Malgré les années, Jawad n'avait jamais su ni pu, et peut-être n'avait-il pas voulu agir en maître. Avec ses subalternes, oui. Avec elle... Il remontera à la surface mais elle ne sera plus là pour l'accueillir.

À la tristesse de se sentir seule, privée d'un compagnon des jours heureux, se mêlait le soulagement de se retrouver libre de tout poids. Le soir, elle chantera, et le monde viendra à elle, lourd d'une présence qui lui laissera, à elle, sa liberté entière. Elle pria Anton de demander à un dellal, un «intermédiaire», d'évaluer la maison.

– C'est fait. J'ai même un papier.

Dix milles dinars. C'est fou. Il ne trouvera jamais d'acheteur à ce prix. Dans un an, deux ans, si... Mais elle n'avait ni la force ni l'envie de marchander. L'argent lui venait facilement. Elle exigeait cent, cent cinquante dinars pour une soirée, un mariage, et au malha, elle ne faisait même plus ses comptes. Anton lui remettait les chèques...

– Tu demanderas à Jawad s'il est d'accord sur le prix.

– Il est d'accord.

Farida n'était pas surprise. Jawad était aux abois. Une fois sa puissance retrouvée, il viendra la voir sans faire allusion à la maison, au passé, à l'argent. Il se montrera à visage découvert, et il n'aura pas honte.

– Tu n'as qu'à préparer les chèques, les papiers... C'est déjà fait?

Ils éclatèrent de rire.

– Tu savais, dit-elle.

– Je te connais, Farida, comme je connais Jawad.

Le soir, sur le point d'annoncer la nouvelle à Salim, elle s'en abstint. À quoi bon l'humilier. Dans une autre vie, une autre existence, peut-être aimerait-elle aussi Jawad et elle trouverait même les mots pour le lui dire.

Elle regarda la maison, en fit le tour. Elle en était la propriétaire et rien n'avait changé. Elle se voyait proclamer devant Salim: C'est à moi, et elle se trouvait ridicule. Aussi garda-t-elle le silence.

Salim circulait librement en ville. Un jour, il se planta devant la maison des Karkoukli, comme si par défi il souhaitait être découvert. Cette fascination du gouffre l'effraya et il s'enfuit quand il entendit la porte s'ouvrir.

Il passait souvent devant sa maison à Battawiyeen. Le silence. Sa mère était morte. Farida l'avait entendu dire. Et son père n'avait plus l'usage de ses jambes. Il priait sur place. Naji? Peut-être s'était-il marié... Il cherchait sa propre ombre, une vision de son visage avant le départ.

Il prit l'habitude de s'installer au café, d'écouter la radio. La voix de Farida. Il la reconnaissait entre mille, mais elle n'avait pas de lien avec celle qu'il entendait le matin au réveil ou la nuit... C'était elle qu'il cherchait, qu'il aimait à travers la mélodie.

Parfois, Saddiq le saluait et passait son chemin. Puis, un soir, accompagné de son ami Sami, il vint vers lui.

– Sortons d'ici. Nous avons à te parler.

La brise du soir, douce, annonçait la fin de l'été. Ils longèrent le fleuve, rue Abou Nouas. Les promeneurs se faisaient rares.

– Salim, dit Sami, nous connaissons ton passé, d'où tu viens et où tu es.

Livide, Salim, n'arrivait pas à parler.

– Nous ne sommes pas des indicateurs de police, poursuivit Saddiq.

– Et cela ne nous intéresse pas, ajouta Sami. Peux-tu disposer de cinq cents dinars d'ici deux semaines?

– Il le faut, dit Saddiq. Tu partiras d'ici un mois, cinq semaines. Tu dois nous remettre le montant à l'avance. Et en plus, tu dois te munir des fonds nécessaires pour les dépenses de la route.

– Mais...

– Je sais, dit Sami. Nous ne pouvons pas te signer de reçu. Il faut nous faire confiance.

– Oui, oui, mais est-ce sûr...

– Parfaitement. Il faut tenir compte des circonstances. As-tu de la famille à Téhéran?

– À Téhéran? Je crois, un cousin... Il ne me connaît pas.

– Cela ne fait rien. En cas de besoin. Au départ, tout est prévu.

– Et de Téhéran?

– C'est une autre histoire. Nous en reparlerons en temps et lieu.

– Tu nous remets l'argent, dit Saddiq, et nous nous engageons à te remettre à l'autorité du Shah.

Ils riaient. Salim participa à leur hilarité, même s'il la trouvait déplacée et quelque peu ridicule.

– Il faut bien manger et bien dormir d'ici là. Tu auras besoin de toutes tes forces.

Il ne savait rien de ses interlocuteurs. Qui représentaient-ils? Il n'avait pas le choix. Il fallait partir. Et c'était le moment.

Comment l'annoncer à Farida? Au moment de son arrestation, elle avait encaissé son argent. Il eût été indécent, risible de lui demander ce que cela coûtait de l'héberger. Était-ce réellement la fin entre eux? L'heure du bilan? Le soir, il caressa Farida, comme un objet précieux et fragile. Il la voyait dans un futur où le souvenir peuplerait une absence sans limites.

– Comme tu es belle.

Elle riait, joyeuse.

– Que t'arrive-t-il, ce soir? Tu es devenu fou.

– Tu es belle, Farida.

– Je le sais.

– Non, tu ne le sais pas. C'est moi qui te le dis.

Il était devenu grave, et elle ne voulait pas comprendre ni l'aider. Ils se battaient contre l'éphémère et cherchaient, à travers l'instant présent, inscrit déjà dans l'absence, à construire une mémoire.

– Je ne pourrai jamais t'oublier.

– J'espère bien. Il n'en est pas question. Je n'ai pas l'intention de partir, de toute façon.

– Moi, si, dit-il en détournant la tête.

– Quoi? Toi?

Sa voix était lointaine et sourde. Elle savait, elle avait toujours su. Il était même possible que Saddiq ou Sami lui eussent rendu visite.

– Je pars, Farida. Je m'en vais.

Il posa ses lèvres sur ses joues humides. Elle pleurait. Elle pleurait depuis un moment, tout en riant. Comment avait-il pu oublier qu'elle était unique, admirable? Elle voulait faire de leurs adieux un moment joyeux, au-delà de la tristesse. Ils allaient enfin être libres. Ils pourraient à nouveau se redécouvrir et s'aimer. Ils réinventeraient leur amour, chercheraient des mots nouveaux, inconnus pour le dire.

Ils restèrent longtemps enlacés, silencieux. Il avait peur, en bougeant, de défaire l'ordre du monde. Il avait atteint enfin l'équilibre, une harmonie précaire, mais qu'il sentit pour la première fois, à nouveau, depuis qu'on était venu le chercher pour le conduire à la maison d'arrêt.

– Tu viendras? chuchota-t-il.

– Oui, j'irai te rejoindre là où tu seras.

– D'ailleurs, il n'y a plus de vie pour les juifs dans ce pays. Tôt ou tard, nous serions tous appelés à partir.

– Pour aller où?

– Nous aurons notre pays, nous l'avons.

– Toi aussi? fit-elle rêveuse.

– Quoi, moi aussi? À qui d'autre penses-tu?

– À personne. Tu sais bien. Il n'y a personne et il n'y aura personne d'autre...

Elle détestait son ton emphatique. Elle avait l'impression de chanter mal, d'avoir perdu la voix.

– Alors, tu viendras?

Elle avait envie de s'écrier:

– Mais attends d'être là-bas. Elle se contenta de souffler. Oui, oui. Je viendrai.

– Je t'aime Farida.

Sa voix se brisa. Il détestait cette émotion qui le ramenait à lui-même, à ses limites, réduisait l'ampleur de ce qu'il pensait ressentir, son amour immense et insaisissable.

– Il va falloir que tu manges, que tu te reposes.

– J'ai tout le temps. Et maintenant, je peux dire, j'ai toute la vie pour cela.

Ils se mirent à rire.

– Nous allons nous retrouver.

Elle reprit son rôle. La femme, l'épouse, la sœur aînée. Elle le préparait pour l'expédition. Il partait, après tout. Seul, pour une aventure incertaine. Elle avait envie d'enfouir son visage dans l'oreiller et de laisser libre cours à ses larmes. Mais il ne fallait surtout pas dévoiler sa détresse. Elle le protégeait, le soustrayait au monde et à l'adversité et, lui, était son armure, sa protection. C'est elle qui s'appuyait sur son épaule. Et là, dans sa grande maison, et devant les dizaines et les centaines d'admirateurs, elle se tiendrait droite, toute seule. Gare à elle si elle flanchait. On se hâterait de l'abattre. Elle luttait contre cette panique qu'elle ne pourrait plus exprimer pour l'exorciser. Elle se mit à chantonner: «Je ne serai jamais seule. Tu seras toujours là. Là où tu es, au bout du monde, tu seras toujours là.»

C'était sa manière de ne pas rabaisser son émotion, de ne pas la traduire par des gestes malhabiles et dérisoires. Au-delà des caresses.

– Salim, dit-elle.

– Oui.

– Tu m'as donné les plus belles années de ma vie.

C'était elle qui allait tout faire basculer...

– Mais ce n'est pas fini, Farida. Je ne suis pas mort et je ne suis... Tu vas voir. Je te construirai une maison. Et nous vivrons ensemble. Nous aurons des enfants...

– Demain, j'irai chercher l'argent...

Pas nécessaire de lui demander si elle était au courant. Depuis longtemps, Saddiq l'avait suivi, était allé la voir... au malha d'abord, puis ailleurs.

Le lendemain, il la surprit en train de recoudre les manches d'une veste où elle avait caché des pièces d'or.

– À la banque, on te prendra pour un pélerin de retour de Kerbela.

Il n'avait pas envie de rire. Elle préparait elle-même les repas. Du riz sous toutes les formes.

– Il faut que tu engraisses.

Pour Farida, c'était devenu un jeu divertissant. Elle en oubliait son départ, sa prochaine solitude.

– Tu me préfères libre et loin que prisonnier, sous la main.

– Bien sûr, dit-elle.

Elle se demanda si c'était vrai. Elle n'en était pas sûre. Rien ne remplacerait sa voix, son odeur, ses rires. Les caresses, les longues nuits d'amour, elle s'interdisait de s'en sentir privée, car c'eût été le trahir avant même qu'il n'eût franchi la porte. Il n'y aura pas d'autre homme dans sa vie. Elle ne pouvait pas remplacer la vie par une autre. Tu es irremplaçable. Elle avait envie de le crier, mais ses protestations de fidélité prouveraient qu'elle appréhendait son départ. Et lui, qui ne cessait de répéter: Tu viendras me rejoindre. Pourtant, il savait que sa vie traverserait une rupture, qu'il lui faudrait inventer une existence nouvelle, qu'il serait forcé de se transformer, de renaître, nouvel homme ou nouveau personnage. Autrement, il ne survivrait pas. Personne ne l'attendait dans ce pays où il ne connaissait personne, et dont il ne parlait pas la langue. Tu viendras. Elle serait l'armure et l'appui. Qu'est-ce qu'il ferait d'elle? À la remorque. Une femme dont il n'est même pas le mari. Un jour, pensait-il, il sera à nouveau dans la course. Il construira une maison pour Farida, l'entourera de domestiques. Et puis, Téhéran n'était qu'une étape. Quelques mois et il en partira pour aller là où le monde sera autre. Là, il sera un homme nouveau. Son passé sera englouti dans celui de tout un peuple. On oubliera l'acte dérisoire pour lequel il fut condamné. De là, il écrira à Naji, à Karkoukli pour lui dire son fait, à Najiah pour lui dire... Mais c'était si loin.

Il était là, et elle ne parvenait pas à en être pleinement consciente. Toute son attention était tendue vers le lendemain, le retour. Quel retour? Il ne reviendrait plus jamais. C'était la fin. Et elle ressentait un pincement à la gorge. Elle étouffait. Lui, avait tout à perdre pour regagner sa vie. Il pourrait mourir en chemin, assassiné par le guide, repris par les garde-frontières. Pauvre Salim. Et pourtant, elle avait confiance. Il était indestructible. On ne met pas Salim en cage. Il a l'air de se soumettre. C'est qu'il prépare déjà son coup. Discrètement. Elle irait le rejoindre. Où? Un pays indéfini. Ils auraient une vie de couple. Elle cesserait de chanter. Elle aurait des enfants. À ce stade, le rêve virait au cauchemar. L'idée de ne plus chanter la plongeait dans l'angoisse, car cette idée ne l'avait jamais effleurée auparavant. «Je perds ma voix. Un jour, je ne pourrai plus chanter.» Impensable. Les applaudissements la rassuraient. De plus, jamais elle n'avait été aussi consciente de son pouvoir, non seulement sur le public, mais aussi sur elle-même.

Elle contrôlait sa voix, jouait avec la mélodie, y prenait plaisir. «J'irai le rejoindre» insistait-elle, pour repousser la tristesse et l'angoisse qu'elle sentait l'envahir. Et dans ce pays inconnu, elle se mettrait à chanter, des mélodies nouvelles, elle apprendrait d'autres mots, les apprivoiserait, les soumettrait à sa voix. Et on l'applaudirait, un autre public l'ovationnerait.

Au café, Saddiq saluait Salim d'un hochement de tête et passait son chemin, comme s'il était une vague connaissance. La veille, Salim avait remis l'argent en billets de cinq et de dix dinars. Le lendemain, passant devant lui, au café, Saddiq s'attarda: Le compte y est, dit-il. Prépare-toi.

– Je suis prêt. Quand?

– Nous te préviendrons.

Il trouva Farida dans le noir. Elle pleurait.

– Excuse-moi. Je ne sais pas ce qui m'arrive. Soudain, j'ai senti que c'est vrai. Que tu allais partir. Que je ne vais plus avoir personne.

– J'étais à charge, Farida.

– Ne dis pas ça. Ou alors tu ne comprends rien.

– Mais tu vas venir me rejoindre.

Sa voix se cassa. Il n'y croyait plus. Il voulait la rassurer.

– Écoute, Salim. Tu pars. Tu ne seras plus là.

– Nous nous retrouverons.

Aucune conviction dans ses mots. Il avait hâte que cela finisse, impatient d'être de l'autre côté. Lequel? Ailleurs. Il pourra à nouveau l'appeler et elle répondra. Partir, puis revenir.

Le lendemain matin, Farida souriante, dit, résolue, comme dans ses meilleurs jours:

– J'ai décidé d'acheter une voiture. Je suis passée devant les salles de démonstration: Chevrolet, chez Lawee, Oldsmobile, chez Menachi Machaal, et Pontiac, chez Shafic Ades. Je n'y connais rien, mais Anton me conseille l'Oldsmobile.

Elle le regarda; consternée, ne sachant, la surprise passée, s'il serait content ou déçu, rassuré ou désemparé. Il n'était pas encore parti que, déjà...

– Il faudra évidemment engager un chauffeur. Fahim me propose son beau-frère...

– Celui... Salim avait du mal à avaler sa salive.

– Oui,... Il n'est plus dans la police. Depuis que Jawad n'est plus là, on lui fait la vie dure.

Quand Anton lui remit les papiers de la maison, il dit, avec un sourire incertain.

– Tu es maintenant propriétaire. La maison est à toi. Jawad est heureux qu'elle soit à toi. Il eut souhaité te l'offrir...

– Mais il m'en a fait cadeau.

Elle avait du mal à croire à ses possessions. La maison était à elle, oui, alors qu'elle n'était pas propriétaire de son corps, de sa voix. Celle-ci pouvait à tout moment la trahir, l'abandonner. Son compte en banque lui semblait irréel. Depuis la fin du Farhoud, Anton n'avait plus foi en lui-même. Il ne cessait de répéter, mi-obséquieux, mi-suppliant:

– Sans toi, il n'y aurait plus de malha.

Il était à son service, lui devait gain quotidien et statut social.

Elle aurait pu exploiter cette nouvelle relation, faire d'Anton un serviteur. Mais l'esclavage la révoltait. Même dans le pire dénuement, Salim n'avait pas admis sa dépendance. S'il avait été découvert, elle aurait été perdue. C'est lui qui la tenait. Maintenant personne n'aurait plus prise sur elle. Elle avait sa maison, son malha, ses domestiques. Elle aura sa voiture et son chauffeur. Et elle n'aurait à rendre de compte à personne. Ni père, ni mari. Même pas un amant. Son nom la précédait. Elle se voyait entrer en scène face à un auditoire délirant avant même qu'elle n'ouvrît la bouche. Elle refusait des engagements, des mariages. Par le truchement d'Anton, on cherchait à la faire changer d'avis. Quand elle disait non, elle ne revenait pas sur sa parole. Ce n'était pas une question d'argent. Elle avait si peu de besoins. En voulait-elle à toutes ces juives de trouver mari et foyer? Comparé à tous les jeunes blancs-becs, Salim était un géant. Et elle n'avait pas voulu de cette vie. Elle n'avait pas de regrets, elle n'avait aucune raison d'en avoir. Dès son apparition, le silence s'installait. Elle était un mythe, une légende et ne trouvait aucune joie à susciter une crainte admirative, respectueuse à distance. Comment croire à sa célébrité alors qu'elle doutait de sa voix? Était-ce vraiment la sienne?

*

*   *

Au café, Sami cherchait Salim; quand il le vit, il se dirigea vers lui.

– Suis-moi. Attends d'abord que je sorte.

Sami l'attendait au coin de la rue.

– C'est demain. À quatre heures du matin. Rue Rachid, devant le nouveau pont. Une valise, pas plus. Vous serez quatre dans la voiture, cinq avec le chauffeur.

– Où allons-nous?

Sami éclata d'un rire nerveux.

– Je croyais que tu avais déjà rendez-vous avec le Reza Shah.

– Je sais, dit Salim, la voix tremblante, par quelle route?

– Il n'y en a qu'une. Demain vous serez à Khanaquin. De là, vous partirez avec un guide. Il vaut mieux parler le moins possible.

– Et les autres?

– Tu les verras. Ils sont comme toi.

– Ils sont...

– Ni kurdes ni talkef. Comme toi.

– Et une fois là?

– Tu iras voir le Shah.

– Sami, souffla Salim d'une voix étranglée par l'angoisse et la colère.

– Ne t'inquiète pas, dit celui-ci radouci. Il se sentait plus nerveux que Salim.

– Je ne m'inquiète pas, mais une fois là?

– Aujourd'hui est aujourd'hui et demain est demain. Devant le pont, on te remettra adresses et instructions. Chaque chose en son temps.

Heureusement, pensa Salim, en se mettant en route pour Sulaykh, que Farida allait au malha ce soir-là. Ainsi, il partira sur la pointe des pieds. À peine auraient-ils le temps de se faire leurs adieux.

Il eut un recul quand il l'aperçut, à l'entrée, en chemise de nuit.

– Je t'attendais, fit-elle, se forçant à sourire.

Elle savait. On l'avait prévenue, avant lui. Trop tard pour exprimer sa colère. Il fallait que ce moment, l'ultime, s'inscrivît dans sa mémoire, dans une splendeur de sensibilité et une beauté des gestes. Il se croyait ailleurs, revivant ces instants, et se sentit comme s'il était de trop. Elle était belle, dans la plénitude de ses hanches, de ses seins. Il la désirait mais, dans un ailleurs, un moment à venir. C'était la vie qu'il quittait, sa vie dont il se séparait. Farida était devenue une dimension du quotidien, et l'idée qu'elle ne serait plus là matin et soir lui apparaissait comme une mutilation.

– Tu pars demain, chuchota-t-elle. Je t'attendrai.

Elle cherchait un ton enjoué mais ne réussissait pas à masquer le sentiment d'être face à la mort, une absence, sans terme, ni limite. Le terrain lui glissait sous les pieds; il lui fallait redécouvrir le sens des mots, la réalité.

– J'ai beaucoup pensé à ce moment, commença-t-il. Leurs regards se croisèrent. Instantanément surgit cette complicité totale dont ils étaient conscients après les longues étreintes de l'amour, un moment où les mots se complétaient dans leurs bouches, jusqu'à l'inutilité. Il en avait toujours été ainsi, sauf que maintenant, c'était peut-être la fin. Allait-il lui dire son amour, attendre d'elle des assurances? Toute déclaration serait dérisoire. Personne n'avait vécu l'amour autant que lui, et aucune femme ne s'était donnée à l'amour autant qu'elle. En quels termes décrire cette victoire, la reconnaître?

– J'attendais ce moment, reprit-il, pour te dire... Nous nous retrouverons, Farida. Dans un pays neuf que nous construirons de nos mains. Nous bâtirons notre maison. Nous aurons une vie nouvelle. On ne pointera plus le doigt vers nous, nous ne serons plus jalousés, méprisés. Nous serons entre nous, des semblables, et nous parlerons notre langue, celle que nous apprendrons. Chaque mot aura un sens, celui que nous lui donnerons. Tous les soirs, je te retrouverai en rentrant du travail. Nous aurons des enfants. Des garçons et des filles, fiers de leur père et fiers de leur mère. Car tu recommenceras à chanter. Dans la langue moderne et ancienne. Tu trouveras des mots d'amour que personne n'a dis. Tu les adresseras à ton mari et à tes enfants, et à ton peuple, enfin découvert et retrouvé. Et moi je serai heureux de travailler de mes mains. Notre maison ne sera pas seulement à nous. Nous la bâtirons pour nos enfants que nous verrons grandir dans la dignité, une fierté d'appartenance, et la liberté d'être des hommes semblables aux autres.

Les yeux brillants, Farida, tendue vers un inconnu qu'elle croyait enfin saisir, écoutait. Au début, elle avait envie de sourire. Pauvre Salim. Il se berce de discours. Ne te fatigue pas, mon amour. Tu repousses la mort avec les mots. Ne vois-tu pas qu'ils sont fragiles? Puis, elle admira non pas tant son éloquence, que sa détermination à ignorer le sarcasme. Bercée par les mots, elle reconnaissait le chant, une mélodie perdue qui rendait les mots inutiles. Il se débattait avec la mort pour lui dire son amour. Salim croyait pourtant à cette vie future, au pays à construire, à la famille à venir. Il risquait sa vie, mais il n'avait plus le choix. À exister à l'ombre, il ne se croyait plus digne d'amour, et son propre amour lui paraissait dérisoire.

Il en était venu à croire que Farida, heureuse de son corps accessible, prisonnier, était tentée, certaines nuits de débordement, de le transformer en objet, en petit animal obéissant. Face au péril du mépris, elle avait vite reculé, car cela aurait été se mépriser elle-même.

– Je te donnerai tout, Farida. Mon amour, ma tendresse. J'aurai l'ambition de bâtir un pays à nous avec toi. J'aurai le goût de t'aimer, de te le dire...

Il se payait de mots, pensa-t-elle, et cela commençait à l'agacer.

– Mais, moi, je t'aime toujours. Je n'ai jamais cessé de t'aimer.

– Je sais. Mais comment peux-tu? Je ne suis rien. À peine une ombre.

– Je sais qui tu es, Salim.

– Oh! Farida, je n'aurai jamais assez des années qui me restent, si je sors vivant de l'aventure, pour te dire mon amour...

Il allait ajouter: ma gratitude, ma reconnaissance, mais cela l'irriterait, et il se retint.

– Ce n'est pas fini, Salim.

C'était à son tour de jouer aux consolatrices, de débiter des mots, mais elle s'arrêta.

– Je n'ai pas mis de disque de toi dans ma valise. Si jamais on me prend, je ne veux plus que tu coures de risque.

– Je n'ai jamais eu le sentiment de courir de risque. Je te voulais près de moi. Je voulais mon homme.

Plus tard, il la prendra dans ses bras et ils passeront les dernières heures enlacés. Il fallait vivre la douleur de l'angoisse, ne pas la réduire à un malaise.

Il n'imaginait pas leurs retrouvailles, mais la voyait, dans la splendeur du moment, projetée dans un avenir, où sa beauté aurait l'incandescence d'un amour toujours vivant.

La veille, Salim avait loué le taxi qui attendait à l'entrée. Fahim porta sa valise à la voiture, et en serrant ses épaules, lui dit: Mon frère, mon frère, que Dieu te garde. Anissa, en larmes le prit dans ses bras: Prends garde à toi, mon fils. Prends garde.

Farida, restée dans la chambre, attendait. Salim vint la rejoindre. Le visage mouillé, elle souriait: À bientôt. Prends garde à toi. Dieu fasse que tu arrives en paix. Prends garde. Il la serra contre lui, puis, s'écartant, il cherchait par le regard à emporter son visage. Mon amour, mon amour, chuchota-t-il. Nous allons nous retrouver. Tu me rejoindras. Nous recommencerons notre vie. Ce sera beau. Tu verras.

– Oui, oui, souffla-t-elle. Je t'aime. Tu es le seul homme que j'ai aimé et que j'aimerai.

– Tu viendras? supplia-t-il.

– Oui, je viendrai, répondit-elle d'un ton emphatique. Oui, je viendrai.

Anissa et Fahim étaient sur le seuil. Quand Salim monta dans la voiture, Farida s'avança, ferma la portière. La voiture s'éloigna et Farida, exténuée, s'assit sur l'une des marches. Anissa et Fahim regagnèrent l'intérieur. Elle n'avait plus de larmes. Plus tard, elle pensera à Salim. Son esprit ne lui obéissait pas. Elle regarda par terre. Des fourmis, portant des poids, disciplinées, se suivaient en une file ininterrompue. Petit à petit, elle redeviendrait consciente de son corps, de ses membres. Elle pourra à nouveau voir la rue et les voitures emportant hommes et femmes indifférents, inconscients de sa présence. Elle recouvrera ses membres, cependant mutilée d'une partie indéfinie de son corps. Et les jours se suivront. Elle dormira et se réveillera, et Salim lui enverra une lettre. Arrivé sain et sauf, il l'attendra. Quel homme! Du fond du gouffre, il rebondit. Indestructible. Elle se mit debout. Elle n'était pas malheureuse. Elle sentit un vide indéfini, total. Elle s'y réfugiait, craignant, en y échappant, d'être accablée par l'absence. Ce n'était pas Salim, mais le monde qui la désertait. Il fallait à tout prix ne pas succomber à la fascination du vide.

Volontairement, elle fit appel au passé, énuméra les éléments de sa vie, un par un, pour les faire remonter, rassurants, à la surface, gages de son souffle, de son pouvoir de marcher, de parler. Elle évoqua sa tante, sa première rencontre avec Salim. Elle ne savait pas si elle avait droit à un désir, à peine des rêves.

Quel chemin! Elle était propriétaire de sa maison, de ses biens. Elle était réclamée, applaudie. Son nom était l'emblème d'un pouvoir qu'elle n'avait pas appris à exploiter. Elle ne devait plus rien à personne. Elle entra dans la maison, et se mit à une fenêtre, face au fleuve. Il faisait déjà frais. Bientôt ce sera l'hiver. Le malha a retrouvé sa scène d'hiver. Elle frissonna, heureuse que son corps lui donnât un signal. Elle était vivante. Jawad? Parti à jamais. Sa tante? Son oncle? Disparus. Ses parents? Inconnus. Elle avait son malha, et bientôt, sa voiture et son chauffeur. Elle ne devait rien à personne. Salim? Il reviendra, en un lieu et à un moment indéfinis. Ailleurs. Seule, et elle n'avait besoin de personne. Même plus besoin de rêver. Libre et seule. Le bilan la comblait. Le soleil se levait.

Elle en accueillit les rayons comme une chaleur originelle, un souffle de naissance; mais subitement l'air se mit à se raréfier. Elle étouffait, étranglée par une sensation inattendue, indéfinie. Et si la vie elle-même n'était qu'un leurre?

Achevé d'imprimer
en novembre 1991 sur les presses
des Ateliers Graphiques Marc Veilleux Inc.
Cap-Saint-Ignace, Qué.

Imprimé au Canada